CONTOS RUSSOS
TOMO III

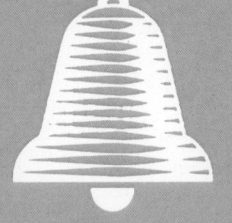

E quando trouxeram o doente para esse terrível cômodo... ele foi tomado de pavor e cólera. Os pensamentos absurdos, um mais monstruoso do que o outro, rodopiavam em sua cabeça. O que seria aquilo? A inquisição? Um local de execuções secretas onde seus inimigos decidiram acabar com ele? Talvez o próprio inferno?

CONTOS RUSSOS
TOMO III

Tradução e notas:
OLEG ALMEIDA

MARTIN CLARET

SUMÁRIO

11 Introdução

CONTOS RUSSOS
Tomo III

19   Uma anedota ruim

109 O fazendeiro selvagem

123   O urso governador

143 A flor vermelha

169 *Attalea Princeps*

181 Sobre os autores

INTRODUÇÃO

OLEG ALMEIDA

Caros amigos,
Este livro é o terceiro tomo de uma abrangente coletânea de contos clássicos russos, elaborada pela Editora Martin Claret de maneira que todos vocês possam encontrar nela obras consoantes a seus gostos e interesses. Os textos seguintes (*Uma anedota ruim*, de Fiódor Dostoiévski; *O fazendeiro selvagem* e *O urso governador*, de Mikhail Saltykov-Chtchedrin; *A flor vermelha* e *Attalea Princeps*, de Vsêvolod Gárchin) pertencem à corrente realista que teve início em meados do século XIX e determinou toda a evolução posterior da literatura russa. Foram selecionados com o propósito de mostrar que os artistas dessa escola não se limitavam a pintar, com precisão matemática, o mundo material e a rotina diária de seus habitantes. Pelo contrário, eles agiam como desbravadores: abordando diversos temas atípicos e mesmo extravagantes, davam largas à mais audaciosa criatividade, inventavam novas

figuras de linguagem, questionavam as leis naturais e as convenções sociais — numa palavra, almejavam reconstruir, renovar, revitalizar os caminhos da tradição literária que estavam trilhando. Nada escapava aos seus olhares atentos nem se furtava à sua mente afiada; suas penas hábeis, usadas em vez de espadas, combatiam quaisquer formas de estagnação cultural. A herança que eles deixaram às gerações vindouras preserva seu inapreciável valor até hoje.

Um dos maiores expoentes do realismo russo, Fiódor Dostoiévski[1] revela, no magnífico conto *Uma anedota ruim*, seu brilhante talento satírico. Não descreve paixões arrebatadoras nem crimes horrendos, como nos romances *Crime e castigo*, *O idiota* e *Os irmãos Karamázov*, não põe em destaque nenhuma personalidade extraordinária, como o repulsivo "homem do subsolo" que odeia a humanidade inteira ou o jogador dividido entre a mulher por quem está apaixonado e a roleta em que está viciado, mas fala, de modo simples e bem-humorado, das pessoas comuns e suas interações corriqueiras. De resto, esse conto não tem nem sequer uma frase que o banalize: a tentativa do seu protagonista, um general reacionário que se finge de liberal, de confraternizar-se com "a gentinha" subalterna durante uma festa regada a bebidas fortes, provoca-nos um riso homérico e, ao mesmo tempo, faz refletirmos, com plena seriedade, nas altas e

---

[1] As traduções de todas as principais obras de Dostoiévski foram publicadas pela Editora Martin Claret.

baixas de nossa vida. Reconhecemos, ao lê-lo, aqueles conflitos, intrigas, vicissitudes que são familiares a qualquer um de nós, por ocorrerem, infelizmente, em todas as épocas e por toda parte.

O elemento satírico ressurge nos contos de Saltykov-Chtchedrin. No entanto, em oposição a Dostoiévski, cujos escritos nunca disfarçam os numerosos problemas da sociedade russa, esse literato recorre a uma porção de alegorias a fim de denunciá-los. Por um lado, a crítica aberta da corrupção que assolava a Rússia czarista, dos constantes abusos de seu governo despótico e da ideologia retrógrada de sua elite era difícil, se não impossível, àquela altura; por outro lado, meia palavra bastava ao leitor entendido para decifrar as irônicas alusões do autor cauteloso. Assim, concebidos pela sua indômita fantasia, os animais pensantes, falantes e mesmo investidos de poder (*O urso governador*) ombreiam com os bichos antropomorfos de Esopo e La Fontaine[2] na discreta, mas irrefutável, condenação das mazelas sociais, e os burlescos cenários em que atuam alguns dos seus figurões caricatos (*O fazendeiro selvagem*) ilustram a espantosa complexidade do mundo metafórico

---

[2] O fabulista grego Esopo (século VI a.C.) e seu colega francês Jean de La Fontaine (1621–1695) consagraram toda uma galeria de animais alegóricos que personificavam as qualidades reprováveis da natureza humana; na Rússia sua prática foi levada adiante por Ivan Krylov (1769–1844) cujos Corvo e Raposa, Cisne, Lagostim e Lúcio, Libélula e Formiga ocupam um lugar de honra no imaginário popular dos russos.

de Saltykov-Chtchedrin, tido como real apesar de ilusório em absoluto.

O realismo russo toma um rumo inesperado nas obras de Vsêvolod Gárchin, escritor que também procura estabelecer uma tênue ligação entre a existência humana e seus aspectos oníricos: sonhos, alucinações, delírios e pesadelos. Contista de viva imaginação e prodigiosa fluência verbal, ele retorna aos princípios do romantismo na apresentação da eterna luta contra o mal universal, porém não acredita mais que se possa vencê-lo. Romântica em aparência, a prosa de Gárchin, que se baseia em tristes experiências pessoais, é impregnada de amargor realista: seus personagens estranhos, seja o paciente enfurecido de um asilo de loucos (*A flor vermelha*) ou a orgulhosa árvore brasileira enclausurada numa estufa (*Attalea Princeps*), sofrem, decepcionam-se, cansam-se, desesperam-se num fatal esforço de deter as pesadas mós da vida e, afinal, morrem esmagados por elas.

Continuemos, pois, a fascinante viagem pela imensidão da literatura russa! Se os representantes mais talentosos dela nos transmitirem, ao menos, um pouco de sua inesgotável sabedoria, se seus apelos e dúvidas, receios e esperanças fizerem, ao menos por um minuto, o coração da gente acelerar o ritmo habitual, enchendo-se de angústia ou de alegria, poderemos dizer, uma vez fechado este volume, que não gastamos nosso tempo em vão, que nossa leitura valeu realmente a pena.

CONTOS RUSSOS
TOMO III

UMA ANEDOTA RUIM

FIÓDOR DOSTOIÉVSKI

Esta anedota ruim data precisamente da época em que se iniciaram, com tanta força desenfreada e tanto ímpeto ingenuamente enternecedor, a renascença de nossa amada pátria e a aspiração de todos os virtuosos filhos dela pelas novas metas e esperanças.[1] Naquela época, numa clara e fria noite de inverno (aliás, já passara das onze horas), três varões respeitabilíssimos estavam sentados num confortável e mesmo suntuosamente mobiliado cômodo de uma bela casa de dois andares, situada no Lado Petersburguense,[2] e conversavam animadamente Todos esses três varões possuíam patente de general.

---

[1] O autor tem em vista o final dos anos 1850, período de várias disputas políticas que precederam à abolição da servidão na Rússia (1861).
[2] Bairro histórico de São Petersburgo composto de várias ilhas.

Estavam sentados ao redor de uma mesinha, cada um numa linda e macia poltrona, e no decorrer da conversa sorviam champanhe de modo sereno e sossegado. A garrafa se encontrava ali mesmo, em cima da mesinha, num vaso de prata com gelo. É que o anfitrião, servidor de terceira classe Stepan Nikíforovitch Nikíforov, um solteirão rematado de uns sessenta e cinco anos de idade, comemorava a sua mudança para essa casa recém-comprada e, aproveitando a oportunidade, o seu aniversário que viera a calhar e que ele nunca tinha comemorado antes. De resto, a comemoração não era tão luxuosa assim; como já víramos, havia só dois convidados, ambos antigos colegas do senhor Nikíforov e antigos subordinados dele, a saber: servidor de quarta classe Semion Ivânovitch Chipulenko e outro servidor de quarta classe Ivan Ilitch Pralínski. Vindos por volta das nove horas, eles tomaram chá, depois atacaram o vinho, cientes de que às onze e meia em ponto deveriam retornar para casa. O anfitrião apreciava desde sempre a regularidade. Digamos duas palavras a seu respeito: ele começara sua carreira como um funcionário miúdo e desprovido de meios, arrastando humildemente tal jugo por uns quarenta e cinco anos a fio, sabia muito bem aonde chegara, detestava "apanhar estrelas do céu",[3] embora já tivesse duas

---

[3] Ditado russo que significa "ostentar seus conhecimentos, ser pretensioso em demasia, metido".

estrelinhas,[4] e, sobretudo, não gostava de expressar sua opinião própria e pessoal sobre qualquer tema que fosse. Era, ainda por cima, honesto, ou seja, não lhe acontecera perpetrar nada particularmente desonesto; estava solteiro em razão de seu egoísmo; não era nem um pouco tolo, porém detestava exibir a sua inteligência; em especial, não gostava de desleixo e entusiasmo, considerando este um desleixo moral, e no final da vida atolou por completo num doce e indolente conforto e numa solidão sistemática. Ainda que visitasse, de vez em quando, as altas-rodas, não suportava, desde moço, visitantes em sua casa e, nesses últimos tempos, se não dispunha as cartas da *grande patience*, contentava-se com a companhia do seu relógio de mesa posto sobre a lareira e passava tardes inteiras a escutar, cochilando imperturbavelmente em suas poltronas, o tique-taque embaixo de uma campânula de vidro. De rosto perfeitamente digno e barbeado, ele não aparentava a sua idade, estava bem conservado, prometia viver muitos anos ainda e comportava-se como o mais rígido dos gentis-homens. Seu cargo era bastante confortável: ele despachava em algum lugar e assinava alguma coisa. Numa palavra, era considerado um homem excelentíssimo. Tinha apenas uma paixão ou, melhor dito, um desejo ardente: conseguir sua própria casa, notadamente uma mansão e não um apartamento por ali. Enfim, esse desejo se realizou: ele achou e comprou uma casa

---

[4] Alusão aos distintivos do servidor de terceira classe.

no Lado Petersburguense, a qual, mesmo longínqua, possuía um jardim e, além disso, era elegante. "Quanto mais longe, melhor", raciocinava Nikíforov: ele não gostava de receber pessoas em sua casa e, para ir à de outrem ou ao seu serviço, tinha à disposição uma bela carruagem chocolate de dois assentos, o cocheiro Mikhei e dois cavalos, pequeninos, mas fortes e bonitos. Isso tudo fora adquirido graças à sua meticulosa parcimônia de quarenta anos, portanto seu coração se alegrava agora com tudo isso. Eis o motivo pelo qual, comprando a casa e mudando-se para ela, Stepan Nikíforovitch sentiu tanto deleite no fundo de seu coração sossegado que até mesmo convidou umas pessoas para o seu aniversário, que antes tratava de ocultar da gente mais próxima. Tinha, inclusive, planos especiais no tocante a um dos seus convidados. Ele próprio ocupava o andar superior da mansão, enquanto o inferior, planejado e construído da mesma forma, precisava de um inquilino. Stepan Nikíforovitch contava, pois, com Semion Ivânovitch Chipulenko e, nessa noite, chegou a puxar duas vezes conversa sobre o tal assunto. Contudo, Semion Ivânovitch permanecia calado. Esse homem também se esforçara, durante muito tempo, para abrir caminhos na vida; os cabelos e costeletas dele eram negros, e sua fisionomia, matizada pelo constante derramamento de atrabílis.[5]

---

[5] Suposto humor, também denominado "bílis negra", cuja secreção pelo baço causava, segundo as antigas doutrinas médicas, melancolia e irritabilidade.

Era casado, sombrio e insociável, mantinha sua família atemorizada, servia com presunção, sabendo, de igual maneira exata, aonde chegaria e, mais que isso, aonde não chegaria nunca, ocupava um bom cargo e não pretendia abandoná-lo. Se bem que o advento das novas tendências o deixasse um tanto amargurado, ele não se preocupava demais com elas: estava muito seguro de si e ouvia Ivan Ilitch Pralínski discorrer sobre os novos temas com certa maldade escarninha. Aliás, todos eles estavam um pouco embriagados, de sorte que o próprio Stepan Nikíforovitch se dignara a dar ouvidos ao senhor Pralínski, travando com este uma leve discussão a respeito das referidas tendências. Digamos, entretanto, algumas palavras sobre Sua Excelência o senhor Pralínski, ainda mais que é ele o protagonista da narração por vir.

O servidor de quarta classe Ivan Ilitch Pralínski era chamado de Sua Excelência havia tão só quatro meses, sendo, numa palavra, um general jovem. Sua idade também era pouca — no máximo, uns quarenta e três anos —, e ele parecia e gostava de parecer mais novo. Era um homem bonito, de estatura alta, vestia-se com elegância e ostentava trajes bem requintados, portava, com grande habilidade, uma significante ordem no pescoço, tinha algumas maneiras nobres que soubera assimilar ainda na infância e, solteiro que estava, vivia sonhando com uma noiva rica e até mesmo nobre. Sonhava igualmente com outras coisas, embora não fosse nada estúpido. Tornava-se, às vezes, muito falaz e mesmo gostava de adotar poses parlamentares. Descendente de boa família, era filho de um general e não se dispunha a pegar no pesado, na tenra idade andara de veludo e cambraia, fora educado numa instituição aristocrática e, tendo adquirido lá conhecimentos escassos, conseguira, ainda assim, bom êxito no serviço e alcançara o generalato. Os superiores consideravam-no um homem dotado e mesmo depositavam nele suas esperanças. Stepan Nikíforovitch, sob cujo comando ele começara a servir e levara o seu serviço quase até o próprio generalato, jamais o tomara por um sujeito prático e não depositara nele esperança alguma. O que lhe agradava é que Ivan Ilitch procedia de uma boa família, possuía uma fortuna, ou seja, uma grande mansão com mordomo, era parente de pessoas não muito ordinárias e, além disso, tinha uma postura imponente. Stepan Nikíforovitch censurava-o, mentalmente, por excesso de imaginação e por leviandade. E Ivan Ilitch, em pessoa, sentia-se, certas vezes, suscetível em demasia e mesmo melindroso. Coisa estranha: acometiam-no, vez por outra, acessos de uma escrupulosidade mórbida e de um leve arrependimento por algum feito. Com uma furtiva amargura, a qual lhe feria a alma como uma aguda lasca de madeira, ele reconhecia então que não voava tão alto quanto imaginava voar. Nesses momentos, chegava a render-se a certa melancolia, sobretudo quando as hemorroidas se punham a atormentá-lo, rotulava a sua vida de *une existence manquée*,[6] cessava

---

[6] Uma existência malsucedida (em francês).

de acreditar (bem entendido, no íntimo) em seus talentos parlamentares, chamando a si de *parleur*,[7] palavreiro, mas tudo isso, se bem que o honrasse muito, não o impedia de reerguer, meia hora depois, a cabeça nem de recuperar o ânimo e asseverar a si próprio, com obstinação e soberba ainda maiores, que não lhe faltariam oportunidades para destacar-se e tornar-se não apenas um dignitário, mas um grande estadista de que a Rússia se lembraria por muito tempo. De vez em quando, sonhava inclusive com monumentos. Daí se deduz que Ivan Ilitch sonhava bem alto, embora guardasse seus devaneios e anelos indefinidos no âmago e mesmo com certo temor. Numa palavra, era um homem bom e mesmo um poeta no fundo da alma. Os dolorosos momentos de decepção tinham passado, nos últimos anos, a apoquentá-lo com mais frequência. Ele ficara peculiarmente irritadiço, desconfiado, e estava prestes a tomar qualquer objeção por uma ofensa. Mas nossa Rússia renascente engendrara-lhe, de improviso, grandes esperanças, e o generalato viera a arrematá-las. Ele se animou; ergueu a cabeça. De súbito, começou a falar abundante e eloquentemente, a abordar os temas mais atuais de que se compenetrara, de modo bem rápido e inopinado, até o êxtase. Procurava ensejos de palestrar, rodando a cidade inteira, e acabou ganhando, em vários lugares, a reputação de um liberal veemente, o que o lisonjeava muito. E nessa noite, ao despejar umas quatro taças,

---

[7] Falastrão (em francês).

soltou totalmente as rédeas. Quis mudar todas as opiniões de Stepan Nikíforovitch, com quem não se encontrava havia tempos, tratando-o, no entanto, com o respeito de sempre e mesmo certa obediência. Achou, por algum motivo, que este era retrógrado e atacou-o com um ardor descomunal. Stepan Nikíforovitch quase não retrucava, apenas o escutava, malicioso, posto que o assunto lhe fosse interessante. Ivan Ilitch inflamava-se e, no calor da discussão imaginária, bebia da sua taça mais frequentemente do que deveria beber. Então Stepan Nikíforovitch pegava a garrafa e logo enchia a sua taça de novo: gesto que de repente passara, não se sabe por que, a magoar Ivan Ilitch, ainda mais que Semion Ivânovitch Chipulenko, especialmente desprezado e, ademais, temido por ele em razão de seu cinismo e sua maldade, permanecia de lado, perfidamente silencioso, e sorria mais do que lhe cumpria sorrir. "Parece que eles me tomam por um fedelho" — pensou, de relance, Ivan Ilitch.

— Não, estava na hora e já passava da hora — continuou ele, exaltado. — O atraso foi grande demais, e, a meu ver, o humanismo é, acima de tudo, humanismo em relação aos subalternos, dado que eles também são humanos. É o humanismo que salvará e resgatará tudo...

— Hi-hi-hi-hi! — veio da parte de Semion Ivânovitch.

— Mas por que o senhor nos critica tanto, no fim das contas? — acabou objetando Stepan Nikíforovitch com um sorriso amável. — Confesso, Ivan Ilitch, que até agora não consigo entender aquilo que o senhor se digna a explicar. Está mencionando o humanismo. Quer dizer, o amor ao próximo, não é?

— Sim, pode ser o amor ao próximo mesmo. Eu...

— Espere. Que me conste, não se trata apenas disso. O amor ao próximo sempre foi crucial. Quanto à reforma, ela não se restringe a isso. Surgiram várias questões rurais, judiciais, econômicas, fiscais, morais e... e... elas não têm fim, aquelas questões, e todas juntas, todas de uma vez só, podem gerar, digamos assim, grandes hesitações. Eis com que a gente se tem preocupado e não apenas com esse tal de humanismo...

— Sim, o assunto é mais profundo — notou Semion Ivânovitch.

— Entendo perfeitamente, e deixe-me frisar, Semion Ivânovitch, que não consentirei, de modo algum, em ser-lhe inferior quanto à profundeza de percepção das coisas — redarguiu Ivan Ilitch num tom desdenhoso e por demais brusco. — Todavia, terei a coragem de dizer-lhe também, Stepan Nikíforovitch, que o senhor não me compreendeu nem um pouco...

— Não compreendi mesmo.

— Entretanto a ideia, que sigo à risca e sustento por toda parte, é que o humanismo, notadamente o humanismo em tratar os subalternos, do servidor ao escrevente, do escrevente ao criado, do criado ao servo — esse humanismo, afirmo eu, pode servir, digamos assim, de pedra angular às vindouras reformas e à renovação das coisas em geral. Por quê? Porque sim. Vejam um silogismo: sou humano, logo as pessoas me amam. Amam-me, logo confiam em mim.

Confiam em mim, logo acreditam; acreditam em mim, logo me amam... aliás, não; quero dizer que, se acreditarem em mim, acreditarão na reforma também, compreenderão, digamos assim, a própria essência dela e, assim seja dito, abraçar-se-ão moralmente e resolverão todos os problemas de maneira amigável e definitiva. Por que é que está rindo, Semion Ivânovitch? Não dá para entender?

Calado, Stepan Nikíforovitch ergueu as sobrancelhas: estava perplexo.

— Parece-me que bebi um pinguinho a mais — retorquiu maliciosamente Semion Ivânovitch —, por isso entendo com dificuldade. Há certo eclipse em minha mente.

Ivan Ilitch estremeceu todo.

— Não aguentaremos — proferiu, de repente, Stepan Nikíforovitch após uma leve meditação.

— Como assim, não aguentaremos? — perguntou Ivan Ilitch, surpreso com essa súbita e despropositada observação de Stepan Nikíforovitch.

— Assim mesmo, não aguentaremos. — Pelo visto, Stepan Nikíforovitch não queria entrar em detalhes.

— Será que fala de novo vinho e novos barris?[8] — respondeu Ivan Ilitch com certa ironia. — Nada disso; por mim mesmo eu me responsabilizo.

---

[8] Alusão ao enunciado de Jesus Cristo: "Ninguém coloca vinho novo em barris velhos; porque o vinho novo rebenta os barris velhos, e o vinho e os barris perdem-se. Por isso, o vinho novo deve ser colocado em barris novos". (Evangelho de São Marcos, 2: 22)

Nesse momento o relógio deu onze e meia.

— Está na hora de nos irmos — disse Semion Ivânovitch, preparando-se para deixar a mesa. Contudo, Ivan Ilitch ultrapassou-o, levantando-se num instante e pegando a sua *chapka*[9] de zibelina que estava em cima da lareira. Parecia um tanto sentido.

— Pois vai pensar, Semion Ivânovitch, não vai? — perguntou Stepan Nikíforovitch, acompanhando seus visitantes.

— No apartamentinho, hein? Vou pensar, vou pensar.

— E, quando decidir, avise-me sem demora.

— Negócios, negócios? — replicou amavelmente o senhor Pralínski, bulindo em sua *chapka* com um ar meio bajulador. Sentia-se, de certa forma, preterido.

De sobrancelhas erguidas, Stepan Nikíforovitch estava calado em sinal de que não retinha seus convidados. Semion Ivânovitch despediu-se apressadamente dele.

"Ah... bem... depois disso, como o senhor quiser... já que não percebe uma simples amabilidade" — falou o senhor Pralínski consigo mesmo, estendendo a mão a Stepan Nikíforovitch de um modo especialmente independente.

Na antessala Ivan Ilitch envergou a sua peliça leve e cara, buscando, por algum motivo, não reparar no surrado guaxinim[10] de Semion Ivânovitch, e ambos foram descendo a escada.

---

[9] Chapéu de pele que os eslavos usam no inverno.
[10] Isto é, o sobretudo com gola de guaxinim.

— Nosso velho parece sentido — disse Ivan Ilitch ao taciturno Semion Ivânovitch.

— Por que será? — respondeu este, calma e friamente.

"Lacaio!" — pensou Ivan Ilitch com seus botões.

Um trenó puxado por um feioso cavalinho cinza aguardava Semion Ivânovitch na saída.

— Que diabo! Onde foi que Trífon meteu o meu coche? — exclamou Ivan Ilitch, sem ter avistado a sua carruagem.

Olhou para todos os lados... a carruagem não estava ali. O criado de Stepan Nikíforovitch não tinha a menor ideia dela. Foram perguntar a Varlam, cocheiro de Semion Ivânovitch, e ele respondeu que Trífon estivera lá, assim como a carruagem, e que agora não estava mais.

— Que anedota ruim! — proferiu o senhor Chipulenko. — Quer que o leve para casa?

— Povinho safado! — gritou o senhor Pralínski com raiva. — Ele me pediu, canalha, que o deixasse ir a um casamento: uma comadre ia casar-se, aqui mesmo no Petersburguense, que o diabo a carregue. Eu proibi rigorosamente que se ausentasse. E aposto que ele foi àquele casamento!

— Verdade — notou Varlam —, ele foi lá, mas prometeu que voltaria num só minutinho, quer dizer, que estaria de volta na hora certa.

— Ah, é? Eu como que pressentia! Pois ele vai apanhar!

— É melhor o senhor mandar açoitá-lo, umas duas vezes, na delegacia, então ele vai cumprir suas ordens — disse Semion Ivânovitch, envolvendo-se no cobertor do trenó.

— Não se preocupe, por gentileza, Semion Ivânovitch!

— Não quer, pois, que lhe dê carona?

— Boa viagem, *merci*.

Semion Ivânovitch foi embora, e Ivan Ilitch enveredou pelas calçadas de madeira a pé, tomado de uma irritação assaz forte. "Não, agora é que tu vais apanhar, malandro! Vou caminhar de propósito, para que sintas, para que te assustes! Quando voltares, saberás que o amo foi caminhando... safado!"

Ivan Ilitch nunca tinha xingado dessa maneira, mas agora estava furioso demais e, ainda por cima, havia barulho em sua cabeça. Era um homem sóbrio, portanto o efeito de umas cinco ou seis taças de champanhe foi rápido. Entretanto, a noite estava admirável: fria, mas incomumente serena e silenciosa. O céu estava claro e estrelado. A lua cheia banhava a terra com seu opaco brilho argênteo. Ivan Ilitch se sentia tão bem que, ao dar uns cinquenta passos, quase se esqueceu do desgosto. Uma sensação particularmente agradável tomou conta dele. De resto, quem está um tanto bêbado muda depressa de opinião. Ele chegou mesmo a gostar das feiosas casinhas de madeira daquela rua deserta.

"Que bom ter ido a pé" — refletia ele. — "Uma lição para Trífon e um prazer para mim. Decerto é preciso andar mais a pé. Pois enfim? Na Grande Avenida[11] encontrarei logo um carro de aluguel. Que noite maravilhosa! E que casinholas por toda parte. Parece que mora nelas uma gentinha, servidores públicos... talvez comerciantes... Aquele Stepan Nikíforovitch! E como eles todos são retrógrados, aqueles velhos borra-botas! Exatamente borra-botas, *c'est le mot*.[12] Aliás, é um homem inteligente, tem aquele *bon sens*,[13] uma percepção clara e prática das coisas. Mas os velhotes, velhotes! Não têm aquele... como se chama? Não têm, finalmente, alguma coisa... Não aguentaremos! O que ele queria dizer com isso? Até ficou pensativo quando falava nisso. Aliás, ele não me entendeu nem um pouco. Mas como foi que não entendeu? Seria mais difícil não entender do que entender. O principal é que estou convencido, cá dentro da alma. Humanismo... amor ao próximo. Devolver o homem a si próprio... ressuscitar a dignidade dele, e depois... mão na massa com o material já pronto. Parece que está tudo claro! Siim! Espere aí, Vossa Excelência, veja o silogismo: a gente encontra, por exemplo, um servidor, um servidor pobre e retraído. 'Pois bem... quem és?' Resposta: 'Um servidor'. Tudo bem, um servidor, vamos adiante: 'Que servidor é que és?'. Resposta: 'O servidor assim e assado'. — 'Estás servindo?' — 'Estou.'

---

[11] A principal via pública do Lado Petersburguense.
[12] É o termo certo (em francês).
[13] Bom-senso (em francês).

— "Queres ser feliz?' — 'Quero.' — 'De que precisas para a felicidade?' — 'De tal e tal coisa' — 'Por quê?' — 'Porque...' E eis que bastam duas palavras para que o homem me compreenda: o homem é meu, o homem caiu, por assim dizer, nas redes, e eu faço dele tudo quanto quiser, isto é, para o bem dele mesmo. Que pessoa ruim é aquele Semion Ivânovitch! E que cara ruim ele tem... 'Manda açoitar na delegacia' — ele disse aquilo de propósito. Não, nada disso, manda tu mesmo açoitar, e eu cá não vou açoitar; vou castigar Trífon com palavras, com reproches, então é que ele vai sentir. Quanto ao açoite, hum... a questão não foi resolvida, hum... E se fosse visitar Émérence? Arre, diabo, maldita calçada!" — exclamou ele, tropeçando de supetão. — "E essa é a capital! A civilização! Dá para quebrar a perna. Hum. Detesto aquele Semion Ivânovitch com sua cara abominável. Foi de mim que ele se riu, há pouco, quando eu disse 'abraçar-se-ão moralmente'. E abraçar-se-ão, o que tens a ver com isso? Não te abraçarei, de qualquer jeito, antes um servo... Se encontrar um servo, falarei com um servo. Aliás, eu estava bêbado e talvez não me expressasse direito. Pode ser que tampouco me expresse direito agora... Hum. Nunca mais beberei. De noite soltas a língua e, no dia seguinte, ficas arrependido. E daí... ando sem cambalear... Aliás, eles todos são patifes!"

Assim raciocinava Ivan Ilitch, de maneira fragmentária e desconexa, continuando a caminhar pela calçada. O ar fresco surtiu efeito e, por assim dizer, deu-lhe uma sacudida. Ao cabo de uns cinco minutos, ele se acalmaria e ficaria sonolento. De chofre, quase a dois passos da Grande Avenida, ouviu uma música. Olhou ao seu redor. Do outro lado da rua, numa vetusta casa de madeira, de um só andar, mas bastante comprida, havia uma festa de arromba, zumbiam uns violinos, rangia um contrabaixo e uma flauta esparramava, guinchando, um ritmo de quadrilha muito alegre. O público estava sob as janelas, principalmente as mulheres de *salope*[14] forrado de algodão e com lenço na cabeça, fazendo de tudo para enxergar algo pelas frestas dos contraventos. Em aparência, a festinha era animada. O tropel da turba dançante ouvia-se do lado oposto da rua. Ivan Ilitch reparou num policial, que estava por perto, e aproximou-se dele.

— De quem é essa casa, mano? — perguntou ele, abrindo um pouco a sua cara peliça, na medida exata para que o policial pudesse notar a significante ordem no seu pescoço.

— Do servidor Pseldônimov, aquele de décima qualta classe — respondeu o policial, endireitando-se por ter avistado logo a distinção.

— Pseldônimov? Bah! Pseldônimov!... Pois então ele se casa?

— Casa-se, Vossa Senhoria, com a filha do servidor de nona classe. Mamíferov, servidor de nona classe... serviu na Câmara. Essa casa é o dote da noiva.

---

[14] Espécie de largo manto feminino (termo derivado do adjetivo arcaico francês que significa "descuidado", "largado"; para salientar a precariedade desse traje).

— Pois agora não é mais a casa de Mamíferov e, sim, de Pseldônimov?

— De Pseldônimov, Vossa Senhoria. Era a casa de Mamíferov e agora é de Pseldônimov.

— Hum. Estou perguntando, mano, porque sou o chefe dele. Sou general naquela mesma repartição onde Pseldônimov serve.

— Entendido, Vossa Senhoria. — O policial se endireitou definitivamente, e Ivan Ilitch ficou imerso numa meditação. Estava plantado ali e raciocinava...

Sim, Pseldônimov era realmente da sua repartição, servia mesmo em seu secretariado; ele se recordava disso. Era um pequeno funcionário que recebia uns dez rublos de ordenado mensal. Tendo o senhor Pralínski encabeçado a sua repartição há bem pouco tempo, podia não se lembrar detalhadamente de todos os seus subalternos, porém se lembrava de Pseldônimov, em particular por causa de seu sobrenome. Este lhe saltara aos olhos desde o primeiro encontro, de modo que ele ficara, naquela mesma ocasião, curioso em examinar o portador de tal sobrenome com maior atenção. Rememorava agora um homem muito novo ainda, de nariz comprido e adunco, de cabelos louros e despenteados, mofino e mal alimentado, que trajava um uniforme impossível e uma calça inexprimivelmente indecente. Voltava-lhe à cabeça o pensamento que tivera então, de relance: e se concedesse àquele pobre coitado uns dez rublos a mais para que se arrumasse um pouco às vésperas da festa? Mas como o rosto daquele pobre coitado era demasiadamente carrancudo, e seu olhar, antipático em excesso e até mesmo repugnante, o bom pensamento evaporou-se de certa forma espontânea, ficando Pseldônimov sem gratificação. Tanto mais o surpreendera aquele mesmo Pseldônimov, apenas na semana anterior, com a sua intenção de casar-se. Ivan Ilitch lembrava que não tinha tempo para abordar esse assunto mais a fundo, de modo que acabara tratando do casamento tão só de passagem, às pressas. Não obstante, lembrava com precisão que a noiva traria a Pseldônimov, como dote, uma casa de madeira e quatrocentos rublos em dinheiro sonante; ficara, aliás, admirado com tal circunstância e mesmo zombara um pouco da colisão dos sobrenomes Pseldônimov e Mamíferova. Lembrava-se claramente de tudo isso.

Em meio àquelas recordações, tornava-se mais e mais pensativo. Sabe-se que raciocínios inteiros surgem, por vezes, em nossa cabeça instantaneamente, em forma de certas sensações intraduzíveis para a linguagem humana e, menos ainda, para a literária. Procuraremos, contudo, traduzir todas essas sensações de nosso protagonista e apresentar ao leitor, no mínimo, o essencial dessas sensações — digamos, a parte mais indispensável e verossímil delas. É que muitas das sensações nossas pareceriam, se traduzidas para uma linguagem cotidiana, absolutamente inverossímeis. Eis a razão pela qual elas nunca vêm à tona, embora cada um as possua. As sensações e ideias de Ivan Ilitch estavam, bem entendido, um tanto caóticas. Todavia, nós sabemos por que motivo.

"Pois bem!" — era isso que lhe passava pela cabeça. — "A gente fala, fala sem parar, mas, quando se trata de agir, não faz nadica de nada. Eis, como exemplo, aquele mesmo Pseldônimov: ele acaba de vir da igreja, cheio de emoção e de esperança, na expectativa de seus gozos... É um dos felicíssimos dias da sua vida... Agora está mexendo com seus convidados, fazendo um festim — humilde e pobre, mas alegre, prazeroso, sincero... Pois bem, e se ele soubesse que, neste exato momento, eu, eu, o chefe dele, o máximo chefe dele, estou plantado aqui, junto da sua casa, e ouço a sua música? O que se daria, na realidade, com ele, hein? O que se daria com ele, pois, se eu entrasse ali agorinha, de supetão? Hum... É claro que primeiro ele levaria um susto, ficaria mudo de confusão. Eu o atrapalharia, estragaria, quem sabe, tudo... Sim, aconteceria isso mesmo, caso entrasse qualquer outro general, mas não eu... Eis o que é: qualquer outro, mas não eu...

Sim, Stepan Nikíforovitch! O senhor não me compreendeu, há pouco, e eis que tem um exemplo pronto.

Pois sim. Nós todos falamos, aos gritos, do humanismo, porém o heroísmo, a proeza, isso não é conosco.

Mas que heroísmo? Aquele mesmo. Veja bem: com as relações atuais entre todos os membros da sociedade, eu, eu vir, após meia-noite, ao casamento de meu subalterno, servidor de décima quarta classe com dez rublos de ordenado... mas isso é uma confusão, é um redemoinho de ideias, o último dia de Pompeia,[15] o pandemônio! Ninguém compreenderá isso. Stepan Nikíforovitch jamais compreenderá, nem que morra. Bem que ele disse: não aguentaremos. Sim, vocês não aguentarão, gente velha, gente paralisada e entorpecida, e eu a-guen-ta-rei! Eu transformarei o último dia de Pompeia num dia dulcíssimo para o meu subalterno, e um ato selvagem numa ação normal, patriarcal, sublime e moral. Como? Assim. Dignem-se de ouvir...

Pois então... suponhamos que eu entre lá: eles se espantam, param de dançar, olham com susto, recuam. Bem, mas aí é que eu me expresso: vou direto ao encontro do temeroso Pseldônimov e, com o sorriso mais carinhoso, digo da maneira mais simples: 'Assim e assado, pois, estava na casa de Sua Excelência Stepan Nikíforovitch. Acho que tu o conheces, é teu vizinho...' Depois bem de leve, de modo assim, engraçado, conto a aventura com Trífon. De Trífon passo à minha caminhada... 'Ouço, pois, essa música, pergunto ao policial e fico sabendo, mano, que tu te casas. Vou entrar, penso, na casa de meu subalterno para ver como os meus funcionários se divertem e... se casam. É que tu não vais expulsar-me, creio!' Expulsar! Eta, que palavrinha para um subalterno. Que diabo é que

---

[15] Alusão ao famosíssimo quadro *O último dia de Pompeia*, do pintor russo Karl Briullov (1799–1852), que representa a destruição da cidade romana Pompeia, durante a erupção do Vesúvio ocorrida em 79 d.C.

me expulsaria agora? Acho que ele enlouqueceria, viria correndo oferecer-me uma poltrona, tremeria de tão admirado, nem sequer entenderia direito da primeira vez!...

Pois bem... o que é que pode ser mais simples e mais elegante que essa ação? Por que é que entrei? É outra questão! Esse é, digamos assim, o lado moral do evento. Essa é a parte mais suculenta do prato!

Hum... Em que é que estava pensando, hein? Sim! Pois bem, com certeza eles me acomodam perto do convidado mais importante, um servidor de nona classe ou um parente, um capitão reformado de nariz vermelho... Era Gógol[16] quem descrevia otimamente aqueles engraçadinhos. Venho, bem entendido, conhecer a noiva, elogio-a, animo os presentes. Peço-lhes que não se constranjam, que se divirtam e continuem a dançar, conto piadas, rio, numa palavra, estou gentil e amável. Sempre estou gentil e amável, quando contente comigo mesmo... Hum... o problema é que ainda estou, parece, um pouco assim... quer dizer, não estou bêbado, mas assim...

É claro que, gentil-homem que sou, ficarei em pé de igualdade com eles e não reclamarei nenhuma deferência especial... Mas moralmente, no sentido moral o negócio é diferente: eles entenderão e estimarão...

---

[16] Gógol, Nikolai Vassílievitch (1809–1852): grande escritor russo, autor da comédia *Inspetor geral* e do romance *Almas mortas*, cujas descrições satíricas de sua época são tidas como incomparáveis.

Meu feito lhes ressuscitará toda a nobreza... Passarei lá, pois, meia hora... Até uma hora inteira. Sairei, bem entendido, pouco antes da ceia, e eles vão, correndo, assar e fritar tantas coisas, vão curvar-se na minha frente, mas eu tomarei apenas uma tacinha, felicitarei e recusarei a ceia. Direi: estou ocupado. E tão logo pronunciar esse 'ocupado', as caras deles todos se tornarão respeitosamente sérias. Desse modo eu lembrarei, com delicadeza, que há uma diferença entre mim e eles. A terra e o céu. Não é que queira impor isso, mas é preciso... mesmo no sentido moral é necessário, digam o que disserem. Aliás, sorrirei em seguida, até começarei a rir, quem sabe, e todos se reanimarão num instante... Brincarei, mais uma vez, com a noiva; hum... até algo melhor: aludirei que venha de novo, exatamente nove meses depois, na qualidade de padrinho, he-he! E ela, com certeza, terá dado à luz até lá, que eles procriam como coelhos. Todos cairão, pois, na gargalhada, e a noiva ficará vermelha; vou beijá-la, com emoção, na testa, mesmo lhe darei minha bênção, e... amanhã a repartição já sabe da minha proeza. Amanhã sou, outra vez, rigoroso, amanhã sou, outra vez, exigente, até implacável, mas eles todos já sabem quem sou de fato. Conhecem a minha alma, conhecem a minha essência: 'É rigoroso como chefe, mas como homem é um anjo!'. E eis-me aí, vencedor: venci com uma só pequena ação que nem passa pela cabeça dos senhores; eles são todos meus: eu sou o pai, e eles são filhos... Então, Excelentíssimo Senhor Stepan Nikíforovitch, vá fazer uma coisa assim...

Será que o senhor sabe, será que o senhor entende que Pseldônimov vai contar aos seus filhos como o general em pessoa se banqueteava e mesmo bebia em seu casamento? Pois aqueles filhos vão contar para seus filhos, e estes para seus netos, como se fosse uma anedota sacrossanta, que um dignitário, um estadista (e eu serei tudo isso naquele tempo) concedeu a graça... etc., etc. Pois eu levantarei uma pessoa moralmente humilhada, devolvê-la-ei a si própria... É que ele recebe dez rublos de ordenado por mês!... Mas, se eu repetir isso umas cinco ou dez vezes, ou fizer algo do mesmo gênero, ganharei uma popularidade universal... Em todos os corações ficarei gravado, e só o diabo sabe em que pode resultar aquilo depois, a minha popularidade!..."

Dessa ou quase dessa maneira é que raciocinava Ivan Ilitch (não são poucas as coisas que um homem diz a si mesmo, meus senhores, especialmente num estado algo excêntrico). Todas essas reflexões surgiram em sua cabeça, quando muito, em meio minuto, e ele se contentaria, talvez, com tais devaneiozinhos e, exprobrando mentalmente Stepan Nikíforovitch, iria, com toda a tranquilidade, para casa e dormiria. Faria muito bem, mas todo o problema é que o momento era excêntrico.

Como que de propósito, as presunçosas fisionomias de Stepan Nikíforovitch e Semion Ivânovitch apareceram de chofre, nesse exato momento, em sua imaginação excitada.

— Não aguentaremos! — repetiu Stepan Nikíforovitch, sorrindo com altivez.

— Hi-hi-hi! — ecoou Semion Ivânovitch com o mais torpe dos seus sorrisos.

— Então vamos ver se não aguentaremos! — disse Ivan Ilitch, resoluto, e um calor lhe subiu à face. Ele desceu da calçada e foi atravessando, a passos firmes, a rua em direção à casa de seu subalterno, o servidor de décima quarta classe Pseldônimov.

Uma estrela guia conduzia-o. Todo animado, ele passou pela portinhola aberta e, cheio de desprezo, empurrou com o pé um cachorrinho peludo e enrouquecido que, mais para salvar as aparências do que para atacá-lo, investira contra os seus pés com um roufenho latido. Pisando num tabuado, alcançou o pequeno terraço de entrada coberto, que dava, tal e qual uma casinha, para o pátio, subiu três vetustos degraus de madeira e entrou numa antessala minúscula. Um coto de vela de sebo, ou uma espécie de luminária, bruxuleava num canto, mas isso não impediu Ivan Ilitch, de galochas como estava, de pôr o pé esquerdo na galantina[17] que tinham colocado ali para que esfriasse. Ivan Ilitch se inclinou e, olhando com curiosidade, viu que havia lá mais duas travessas de galantina e duas outras formas que continham, obviamente, o manjar-branco. A galantina esmagada deixou-o um tanto confuso, e

---

[17] Prato de carne desossada ou peixe, cobertos com gelatina, que se serve frio.

ele pensou, por um mínimo lapso de tempo: "E se eu fosse, de pronto, embora?", porém considerou isso baixo em demasia. Concluindo que, como ninguém o vira, não o suspeitariam de modo algum, ele se apressou a limpar a galocha, a fim de remover todos os vestígios, achou às apalpadelas uma porta recoberta de feltro, abriu-a e ficou numa pequenininha saleta. Metade dela estava literalmente atulhada de capotes, *bekechas*,[18] *salopes*, chapéus femininos, cachecóis e galochas. Em outra metade tocavam os músicos: dois violinistas, um flautista e um contrabaixista — no total, quatro pessoas encontradas, bem entendido, na primeira esquina. Sentados em volta de uma mesinha de madeira não pintada e iluminada por uma só vela de sebo, eles terminavam de arranhar, com toda a força possível, a última figura da quadrilha. Através da porta escancarada, podia-se ver as pessoas que dançavam na sala, em meio às nuvens de poeira, fumo e vapor. A alegria estava, de certo modo, histérica. Ouviam-se gargalhadas, brados e guinchos de damas. Os cavalheiros batiam os pés como um esquadrão de cavalaria. Toda aquela sodoma era dominada pelo comando do mestre de cerimônias, homem, sem dúvida, extremamente debochado e até mesmo desabotoado: "Cavalheiros em frente, *chaîne de dames, balancez!*",[19] etc. e tal. Um pouco inquieto, Ivan Ilitch

---

[18] Casaco masculino de pele.
[19] ... fileira de damas, balancem (em francês): uma das figuras da quadrilha tradicional.

tirou a peliça e as galochas e, com sua *chapka* na mão, adentrou a sala. Aliás, não estava mais raciocinando...

No primeiro minuto ninguém reparou nele: todos terminavam a dança que chegava ao fim. Ivan Ilitch estava como que aturdido e não conseguia enxergar nada concreto naquela mescla. Turbilhonavam, à sua volta, os vestidos de damas, os cavalheiros com cigarros nos dentes... Voou a echarpe azul-clara de uma dama, roçando no nariz dele. Um estudante de Medicina, cujos cabelos esvoaçavam no ar, vinha correndo atrás dessa dama, tomado de um arroubo desenfreado, e empurrou-o com força pelo caminho. Também passou na sua frente o oficial de não se sabia que regimento, comprido que nem uma versta.[20] Ao passo que galopava e batia os pés com os outros, bradou, guinchando de modo antinatural: "Eeeh, Pseldônimuchka!". Havia algo viscoso sob os pés de Ivan Ilitch: decerto o assoalho estava untado com cera. Na sala — aliás, não muito pequena — encontravam-se umas trinta pessoas.

Contudo, a quadrilha acabou um minuto depois, e quase logo aconteceu aquilo mesmo que Ivan Ilitch imaginara quando devaneava ali na calçada. No meio dos convidados e dançadores, que ainda não tinham retomado o fôlego nem enxugado o suor do rosto, alastrou-se um rumorejo, um cochicho inusitado. Todos os olhos, todas as caras começaram a virar-se

---

[20] Antiga medida de comprimento russa, equivalente a 1067 metros.

depressa para o visitante que entrara. Em seguida, todos foram recuando aos poucos. Aqueles que não ligavam para o general eram puxados pelas roupas e aconselhados; então olhavam em sua direção e recuavam como os demais. Ivan Ilitch ainda se mantinha às portas, sem ter dado um só passo para a frente, mas entre ele e os presentes abria-se um espaço cada vez maior, com incontáveis invólucros de bombons, bilhetinhos e pontas de cigarros espalhados no chão. De súbito, nesse espaço entrou, com timidez, um jovem uniformizado, de cabelos louros e eriçados e nariz adunco. Ele avançava curvado e olhava para o visitante inesperado exatamente como um cachorro olha para seu dono que o chama para lhe dar um pontapé.

— Boa-noite, Pseldônimov! Reconheces?... — começou Ivan Ilitch e, no mesmo instante, sentiu que dissera uma coisa muito canhestra; sentiu igualmente que talvez estivesse cometendo, nesse momento, uma estupidez terribilíssima.

— Vvvossa Exccelência!... — murmurou Pseldônimov.

— Pois é. Eu, mano, vim aqui por mero acaso, como tu mesmo podes, provavelmente, imaginar isso...

Mas Pseldônimov não podia, pelo visto, imaginar nada. Estava absolutamente perplexo, de olhos esbugalhados.

— É que tu não vais expulsar-me, creio... Com ou sem prazer, mas acolhe a quem vier!... — prosseguiu Ivan Ilitch, que se sentia embaraçado até uma indecente fraqueza, queria sorrir, mas já não podia, enquanto o conto humorístico sobre Stepan Nikíforovitch e

Trífon se tornava cada vez menos possível. Todavia, Pseldônimov continuava, como que de propósito, entorpecido, fitando-o com um ar totalmente bobo. Ivan Ilitch estremeceu ao perceber que mais um minuto desses produziria uma confusão extraordinária.

— Será que atrapalhei algo... então vou embora! — articulou a custo, e uma veia se pôs a vibrar junto do canto direito de seus lábios...

Entretanto, Pseldônimov já se recuperara.

— Vossa Excelência me perdoe... É uma honra — murmurava ele, fazendo aceleradas mesuras —, sente-se, por favor... — E, mais desperto ainda, apontava-lhe, com ambas as mãos, o sofá, do qual tinham afastado, para dançar, a mesa...

Ivan Ilitch sentiu um alívio e deixou-se cair no sofá; alguém acorreu de pronto para aproximar a mesa. Lançando uma rápida olhadela ao redor, o general notou que só ele estava sentado, enquanto todos os outros, inclusive as damas, permaneciam em pé. Era um mau sinal, mas o momento de recordar e reanimar ainda não chegara. Os presentes continuavam a recuar; apenas Pseldônimov se mantinha na sua frente, sem entender nada, curvado e nem de longe sorridente. Em breves termos, nosso protagonista estava mal: aturou, nesse minuto, tanta angústia que sua intrusão, por princípios, na casa do subalterno, feito próprio de Harun al-Rashid,[21] poderia realmente ser considerada

---

[21] Trata-se do quinto califa de Bagdá (reinou de 786 a 809), cuja personalidade foi mitologizada pelos contos das *Mil e uma noites*.

uma proeza. De chofre, um homenzinho surgiu ao lado de Pseldônimov e começou a fazer rapapés. Para seu inefável prazer e mesmo felicidade, Ivan Ilitch reconheceu logo o gerente de uma das seções do seu secretariado, Akim Petróvitch Zúbikov, que tinha por um servidor de muita diligência e poucas palavras, ainda que não o conhecesse, naturalmente, de perto. Ele se levantou sem demora e estendeu a Akim Petróvitch a mão, a mão toda e não somente dois dedos. Este a recebeu com ambas as mãos, profundamente reverenciador. O general ficou triunfante: estava tudo salvo.

De fato, agora Pseldônimov não era mais a segunda, mas, por assim dizer, a terceira pessoa. O general poderia contar o ocorrido diretamente ao gerente de seção, tomando-o, para tanto, por um conhecido e mesmo um íntimo, ao passo que Pseldônimov continuaria calado e apenas tremeria de veneração. Por conseguinte, as conveniências seriam cumpridas. E contar era necessário; Ivan Ilitch percebia isso, vendo que todos os convidados esperavam por algo, que todos os parentes e aderentes se espremiam em ambas as portas da sala e quase subiam um em cima do outro a fim de olhar para ele e de escutá-lo. O ruim era que, por mera tolice, o gerente de seção ainda não se tivesse sentado.

— Por que não se senta? — perguntou Ivan Ilitch, fazendo um gesto desajeitado para apontar-lhe um lugar no sofá.

— Ora... estou bem aqui... — e Akim Petróvitch se sentou depressa na cadeira oferecida, num piscar de olhos, por Pseldônimov, que teimava em permanecer de pé.

— Pode imaginar o caso? — começou Ivan Ilitch, dirigindo-se exclusivamente a Akim Petróvitch, com uma voz um pouco trêmula, mas já desinibida. Até mesmo arrastava e dividia as palavras, acentuava as sílabas, pronunciava a letra *a* semelhante à letra *e* — numa palavra, sentia e compreendia, ele próprio, que falava de modo ridículo, mas já não podia conter-se: era uma força externa que agia lá. Muita coisa e com muito sofrimento é que ele percebeu nessa ocasião.

— Imagine só: acabo de visitar Stepan Nikíforovitch Nikíforov (pode ser que tenha ouvido falar dele), um servidor de terceira classe... daquela comissão ali...

Akim Petróvitch inclinou, respeitoso, todo o seu corpo para a frente: "Mas é claro que ouvi falar dele!".

— Agora é teu vizinho — prosseguiu Ivan Ilitch, dirigindo-se, por um só instante e por motivos de decência e socialização, a Pseldônimov, mas lhe virou rapidamente as costas, ao perceber, pela expressão de seus olhos, que tal fato não fazia a mínima diferença para ele.

— Como você sabe, o velho andou, toda a vida, doido para comprar uma casa... Acabou, pois, comprando. Uma casa bem bonitinha. Sim... E o aniversário dele também foi hoje: nunca o tinha comemorado antes, mesmo o escondia da gente, negava-se a comemorá-lo por avareza, he-he, mas agora ficou tão contente com aquela casa nova que me convidou, juntamente com Semion Ivânovitch. Conhece Chipulenko?

Akim Petróvitch se inclinou outra vez. Inclinou-se com zelo! Ivan Ilitch ficou um tanto consolado. Já lhe passara pela cabeça que o gerente de seção vinha adivinhando, talvez, que nesse momento constituía o ponto de apoio necessário a Sua Excelência. Isso seria o pior de tudo.

— Sentamo-nos, pois, os três; ele nos serviu champanhe; conversamos sobre os negócios... disto e daquilo... sobre as ques-tões... Chegamos até a dis-cu-tir... He-he!

Akim Petróvitch soergueu, de modo respeitoso, as sobrancelhas.

— Aliás, não se trata disso. Despeço-me dele, enfim: é um velho pontual, deita-se cedo... você sabe, que a velhice está chegando. Saio... onde está o meu Trífon? Pergunto, inquieto: "Onde foi que Trífon meteu a minha carruagem?". Aí se esclarece que ele, esperando que eu demorasse a sair, foi ao casamento de uma comadre sua ou de uma irmã... só Deus sabe de quem. É aqui mesmo, no Petersburguense. E, de propósito, levou a carruagem consigo. — Por mera decência, o general voltou a olhar para Pseldônimov. Este se curvou de imediato, mas de maneira bem diferente daquela a que aspirava o general. "Não tem compaixão nem coração" — surgiu-lhe um fugaz pensamento.

— Verdade? — proferiu Akim Petróvitch, profundamente espantado. Um leve ruído de admiração atravessou toda a turba.

— Vocês podem imaginar a minha situação... (Ivan Ilitch olhou para todos.) Nada a fazer, fui caminhando. Pensei: 'Vou até a Grande Avenida, lá encontrarei um cocheiro qualquer... he-he!'

— Hi-hi-hi! — respondeu Akim Petróvitch com deferência. O ruído tornou a surgir, dessa vez mais alegre, e espalhou-se na multidão. Nesse momento estourou o vidro de uma luminária de parede. Alguém foi correndo arrumá-la, todo entusiasmado. Estremecendo, Pseldônimov lançou uma olhada severa para a tal luminária; porém o general nem sequer reparou nela, e tudo se acalmou.

— Vou caminhando... e a noite está tão linda, tão silenciosa. De repente ouço a música e o tropel de passos: estão dançando. Pergunto, curioso, ao policial, e ele diz: "Pseldônimov se casou". Pois tu, mano, arrebentas todo o Lado Petersburguense com teus bailes, ha-ha?

— De súbito, ele se dirigiu outra vez a Pseldônimov.

— Hi-hi-hi! Sim... — replicou Akim Petróvitch. Os convidados se moveram de novo, porém a coisa mais estúpida era que Pseldônimov, apesar de ter feito outra mesura, nem dessa vez ficou sorridente, como se fosse de madeira. "Pois ele é besta, não é?" — pensou Ivan Ilitch. — "Está bem na hora de o asno sorrir, então tudo iria às mil maravilhas!" A impaciência se agitava, furiosa, em seu coração. — Pensei: "Vou dar um pulinho na casa de meu subordinado. É que ele não vai expulsar-me... com ou sem prazer, mas acolhe a quem vier". Desculpe-me, mano, por favor. Se estiver atrapalhando alguma coisa, irei embora... É que vim apenas para olhar...

Entretanto, a movimentação se tornava, aos poucos, generalizada. Akim Petróvitch olhava com um ar adocicado: "Será que Vossa Excelência pode atrapalhar alguma coisa?". Todos os presentes se moviam, revelando os primeiros indícios de descontração. Quase todas as damas já estavam sentadas: um sinal bom e positivo. Aquelas que eram mais desenvoltas abanavam-se com seus lencinhos. Uma delas, cujo vestido de veludo estava bem gasto, disse algo com força propositual. O oficial, a quem ela se dirigira, já ia responder-lhe num tom igualmente alto, mas, como só eles dois falavam nesse tom, acabou desistindo. Os homens, em sua maioria escribas, além de dois ou três estudantes, trocavam olhadas, como que incitando um ao outro a expandir-se, tossiam para limpar a garganta e mesmo começavam a dar uns dois passos de lá para cá. De resto, ninguém estava por demais intimidado, mas todos se sentiam tão só acanhados e quase todos tinham pensamentos hostis em relação à pessoa que invadira a sua festa para estragá-la. Envergonhado com sua pusilanimidade, o oficial passou a aproximar-se, pouco a pouco, da mesa.

— Mas escuta, mano, permites-me perguntar quais são teu nome e teu patronímico? — perguntou Ivan Ilitch a Pseldônimov.

— Porfíri Petrov,[22] Vossa Excelência — respondeu este, esbugalhando os olhos como numa revista de tropas.

---

[22] Isto é, "Porfíri, filho de Piotr" (a grafia contemporânea seria "Porfíri Petróvitch").

— Então me apresenta, Porfíri Petrov, à tua noiva... Leva-me... eu...

E ele manifestou, nesse instante, a vontade de ficar em pé. De todas as forças, Pseldônimov correu à sala de estar. Sua noiva estava, aliás, ali mesmo, às portas, mas, tão logo percebeu que se tratava dela, não demorou a esconder-se. Um minuto depois, Pseldônimov trouxe-a puxando pela mão. Todos se afastaram para lhes abrir a passagem. Ao soerguer-se solenemente, Ivan Ilitch dirigiu a ela o mais amável dos seus sorrisos.

— Muito, muito prazer em conhecê-la — disse ele com meia mesura peculiar da alta sociedade —, ainda mais, num dia desses...

Sorriu, astuciosíssimo. As damas sentiram uma emoção agradável.

— *Charmée*[23] — pronunciou a dama de veludo, quase em voz alta.

A noiva parecia digna de Pseldônimov. Era uma mulherzinha bem magra, de apenas uns dezessete anos, pálida, com um rosto diminuto e um nariz agudinho. Velozes e destros, seus olhinhos não estavam nem um pouco tímidos, mas, pelo contrário, olhavam atentamente e mesmo com certo matiz de maldade. Não era, sem dúvida, em razão da beleza que Pseldônimov se casava com ela. A moça trajava um vestido de musselina, branco e recamado de rosa.

---

[23] Encantada (em francês).

Seu pescoço era magrinho, o corpo de ossos salientes lembrava o de uma franga. Em resposta à saudação do general ela não pôde dizer absolutamente nada.

— Mas tua cara metade é bem bonitinha — prosseguiu ele a meia-voz, fazendo de conta que se dirigia tão só a Pseldônimov, mas tratando de falar alto o suficiente para que a moça também o ouvisse. Contudo, Pseldônimov não respondeu nada, dessa vez como das outras, e nem sequer se mexeu. Ivan Ilitch achou, inclusive, que nos seus olhos havia algo frio, dissimulado e até mesmo pérfido, extraordinário, maligno. Cumpria-lhe, porém, sensibilizá-lo, custasse o que custasse. Fora para isso que o general viera.

"Eta, que casalzinho!" — pensou ele. — "De resto..."

E dirigiu-se outra vez à noiva, que se sentara no sofá ao seu lado, mas em resposta a duas ou três perguntas que lhe fez recebeu apenas "sim" e "não", e nem isso, de fato, recebeu plenamente.

"Tomara que ela ficasse, ao menos, embaraçada" — continuou Ivan Ilitch com seus botões. — "Então eu começaria a brincar. Senão, seria um beco sem saída." Como que de propósito, Akim Petróvitch também estava calado, decerto por tolice, mas, ainda assim, de maneira indesculpável.

— Senhores, será que atrapalhei os seus prazeres? — Ele queria dirigir-se a todos em geral. Sentia que mesmo as palmas de suas mãos estavam suando.

— Não... Não se preocupe, Vossa Excelência, agora vamos recomeçar e, por enquanto, estamos dando uma trégua — respondeu o oficial. A noiva olhou para ele com deleite: o oficial era ainda novo e usava o uniforme de algum regimento. Pseldônimov estava plantado lá mesmo, inclinando-se para a frente, e parecia ostentar seu nariz adunco mais que antes. Sua maneira de escutar e de olhar assemelhava-se à de um lacaio que segura a peliça do seu patrão, esperando que este se despeça dos seus interlocutores. Foi Ivan Ilitch em pessoa quem fez essa comparação; ele se perdia, sentindo que estava confuso, horrivelmente confuso, que o chão lhe faltava, que ele tinha entrado em algum lugar e não conseguia mais sair dali, como que imerso na escuridão.

De chofre, todos se dispersaram, e apareceu uma mulher baixa e robusta, já meio idosa, vestida de modo simples, embora festivo, com um grande lenço nos ombros, afivelado junto ao pescoço, e uma touca que, aparentemente, não costumava usar. Ela trouxe uma pequena bandeja redonda em que estava uma garrafa de champanhe, ainda cheia, mas já aberta, e duas taças, sem mais nem menos. A garrafa se destinava, pelo visto, apenas a duas pessoas.

Essa mulher idosa veio direto ao encontro do general.

— Não nos leve a mal, Vossa Excelência — disse ela, cumprimentando-o —, e, como o senhor fez caso da gente, como se dignou a vir ao casamento de meu filhinho, então pedimos que tenha a bondade de brindar aos recém-casados com este vinho. Não nos despreze, conceda-nos a honra.

Ivan Ilitch agarrou-se a ela como à sua salvação. Era uma mulher nada velha ainda, tinha, quando muito, quarenta e cinco ou seis anos. E seu redondo semblante russo era tão bondoso, corado e aberto, ela sorria tão amigavelmente e saudava o general com tanta simplicidade que Ivan Ilitch quase se consolou e foi recuperando as esperanças.

— Pois é vo-cê a pro-ge-ni-to-ra de seu fi-lho? — inquiriu, soerguendo-se no sofá.

— Progenitora, sim, Vossa Excelência — balbuciou Pseldônimov, esticando o seu comprido pescoço e exibindo de novo o seu nariz.

— Ah! Muito prazer, mui-to prazer em conhecê-la.

— Não nos despreze, então, Vossa Excelência.

— Com todo o gosto.

A bandeja foi colocada na mesa; Pseldônimov aproximou-se, num pulo, para servir o vinho. Ainda de pé, Ivan Ilitch tomou a taça.

— Estou sobremodo, sobremodo contente com essa ocasião, porque posso... — começou ele —, porque posso... assim testemunhar... Numa palavra, como o superior... desejo-lhe, minha senhora (ele se dirigiu à noiva), e a ti, meu amigo Porfíri... desejo-lhes uma felicidade plena, próspera e duradoura.

E ele emborcou, emocionado, a sua taça, a sétima nessa noite. Pseldônimov parecia sério e mesmo sombrio. O general começava a sentir um pungente ódio por ele.

"E aquele brutamontes (ele olhou para o oficial) também está lá parado. Por que é que não grita, pelo menos: hurra?! Assim, tudo desencalharia, desandaria..."

— E o senhor também, Akim Petróvitch, beba e felicite-nos — acrescentou a velhota, dirigindo-se ao gerente de seção. — O senhor é chefe, ele é subordinado. Observe, pois, meu filhinho, peço-lhe como mãe. E não se esqueça de nós, daqui em diante, nosso queridinho Akim Petróvitch, que é gente boa.

"Mas como elas são gentis, essas velhas russas!" — pensou Ivan Ilitch. — "Revigorou a todos. Eu sempre gostei desse espírito popular..."

Nesse momento colocaram na mesa outra bandeja. Quem a trouxera fora uma criada, cujo vestido de chita, munido de crinolina, fazia ruge-ruge por não ter sido ainda lavado. Essa bandeja era tão grande que a criada mal conseguia abarcá-la. Havia nela uma quantidade inestimável de pratinhos com maçãs, bombons, *pastilás*,[24] marmeladas, nozes, etc., etc. Antes a bandeja se encontrava na sala de estar, à disposição de todos os convidados, principalmente das damas. Agora se destinava somente ao general.

— Não despreze, Vossa Excelência, nossos quitutes. O que cozinhamos na mesa botamos — repetia a velhota em meio às mesuras.

— Ora, ora... — disse Ivan Ilitch, pegou uma noz e quebrou-a, prazerosamente, com os dedos. Tinha decidido levar sua popularidade aos extremos.

---

[24] Doce tradicional russo, espécie de maria-mole.

Enquanto isso, a noiva se pôs, de repente, a rir.

— O que há? — perguntou Ivan Ilitch, sorrindo por ter vislumbrado os sinais de vida.

— É Ivan Kostenkínytch que me faz rir — respondeu ela, abaixando os olhos.

O general avistou, de fato, um moço louro, de aparência assaz agradável, que se aboletara numa cadeira, do outro lado do sofá, e vinha cochichando algo ao ouvido da *madame* Pseldônimova. O moço se levantou. Pelo visto, era muito tímido e muito novo.

— Falava-lhe do "Almanaque onirocrítico,"[25] Vossa Excelência — balbuciou ele, como que pedindo desculpas.

— Mas que almanaque é esse? — perguntou Ivan Ilitch, indulgente.

— Há um novo almanaque onirocrítico, literário.[26] Eu dizia a ela que sonhar com o senhor Panáiev[27] significa derramar o café no peitilho.

"Que inocência" — pensou Ivan Ilitch com certa maldade. Ainda que enrubescesse todo ao dizer isso, o moço estava incrivelmente satisfeito de ter mencionado o senhor Panáiev.

---

[25] Referente à onirocrítica, arte de analisar e interpretar os sonhos.
[26] O autor tem em vista o *Almanaque onirocrítico da literatura russa moderna*, obra humorística do poeta Nikolai Chtcherbina (1821–1869) copiada manualmente e repassada de mão em mão.
[27] Panáiev, Ivan Ivânovitch (1812–1862): escritor, crítico literário e jornalista russo.

— Sim, sim, já ouvi falar... — replicou Sua Excelência.

— Não, há notícias melhores — disse outra voz, bem perto de Ivan Ilitch. — Um novo dicionário é publicado, e dizem que o senhor Kraiévski[28] vai escrever artigos para ele, Alferáki... e literatura abusadora...

Quem dissera isso fora outro moço, nada tímido, mas, ao contrário, bastante desenvolto. De luvas e colete branco, ele estava com o chapéu na mão. Não dançava, tinha um ar altivo, visto que era um dos colaboradores da revista satírica *Tição*, impunha o tom e viera ao casamento por mero acaso, convidado, como um visitante de honra, por Pseldônimov, que o tratava por "tu" apesar de ter passado, com ele, os apuros, fazia apenas um ano, quando ambos moravam "nos cantinhos" alugados de uma alemã. Todavia, bebia vodca e já se ausentara, para tanto, diversas vezes, indo a um reservado quartinho dos fundos que todos bem conheciam. O general não gostou terminantemente dele.

— E isso é engraçado, Vossa Excelência — interrompeu-o, repentinamente animado, o moço louro que contara sobre o peitilho e provocara com isso um olhar de ódio do jornalista de colete branco —, porque o literato acha que o senhor Kraiévski não sabe a

---

[28] Kraiévski, Andrei Alexândrovitch (1810–1889): jornalista russo, editor-chefe da revista *Diário Pátrio*, considerado pelos contemporâneos um empresário inescrupuloso e cínico que mudava a orientação de suas publicações conforme a conjuntura política.

ortografia e pensa que é preciso escrever "literatura abusadora" em vez de "literatura acusadora"...

Contudo, o pobre rapaz mal terminou a frase, percebendo, pela expressão dos olhos do general, que ele estava ciente disso havia tempos, já que o próprio general também parecia confuso, decerto por estar ciente disso. O moço sentiu uma vergonha insuportável. Recolheu-se às pressas e ficou, por todo o resto da festa, muito triste. Nesse ínterim, o desenvolto colaborador da *Tição* aproximou-se mais ainda do general, tencionando, pelo visto, sentar-se perto dele. Tal desinibição pareceu a Ivan Ilitch um tanto melindrosa.

— Sim! Diz-me, por favor, Porfíri — começou ele para travar alguma conversa —, por que... já queria perguntar-te acerca disso pessoalmente, por que teu sobrenome é Pseldônimov e não Pseudônimov? É que te chamas, com certeza, Pseudônimov?

— Não posso relatar com exatidão, Vossa Excelência — respondeu Pseldônimov.

— Ainda quando o pai dele ingressava no serviço é que fizeram, talvez, uma bagunça em seus papéis, de modo que ele ficou para sempre Pseldônimov — redarguiu Akim Petróvitch. — Isso acontece.

— Sem dú-vi-da — prosseguiu, entusiasmado, o general —, sem dú-vi-da, porquanto — julgue você mesmo — Pseudônimov vem do termo literário "pseudônimo". E esse Pseldônimov não significa nada.

— Foi por tolice — adicionou Akim Petróvitch.

— O que foi por tolice?

— Às vezes, o povo russo troca, por tolice, as letras e pronuncia as palavras de sua maneira. Dizem, por exemplo, "niválido" e deveriam dizer "inválido".

— Pois é... "niválido", he-he-he...

— Dizem também "preda", Vossa Excelência — intrometeu-se o alto oficial, que vinha sentindo, por muito tempo, uma vontade pruriginosa de dizer algo marcante.

— Como assim, "preda"?

— "Preda" em vez de "pedra", Vossa Excelência.

— Ah, sim, "preda"... em vez de "pedra"... Sim, sim... he-he-he!... — Ivan Ilitch se viu obrigado a soltar uma risadinha para o oficial também.

O oficial arrumou a sua gravata.

— E também dizem "pranta"... — O colaborador da "Tição" ia, por sua vez, envolver-se na conversa, mas Sua Excelência procurou não ouvir isso. Não poderia, afinal de contas, rir para todo mundo.

— "Pranta" em vez de "planta" — insistia o colaborador com perceptível irritação.

Ivan Ilitch olhou para ele de modo severo.

— Por que o amolas? — cochichou Pseldônimov ao jornalista.

— Estou conversando, e daí? Não se pode mais nem conversar, hein? — este já se dispunha a tramar, em voz baixa, uma discussão, porém se calou e, intimamente furioso, saiu da sala.

Insinuou-se direto no atraente quartinho dos fundos, onde à disposição dos cavalheiros estava, desde o início da festa, uma mesinha coberta de uma toalha de Yaroslavl,[29] com vodca de duas marcas, arenque, caviar fatiado e uma garrafa de fortíssimo xerez proveniente de uma adega nacional. Com fúria no coração, ele enchia seu copo de vodca, quando de repente entrou correndo o estudante de Medicina, aquele de cabelos esvoaçantes, o primeiro dançarino de cancã no baile de Pseldônimov. Arrojou-se em direção à garrafa com uma avidez ansiosa.

— Agora vão começar! — disse ele, bebendo às pressas. — Vem ver: farei um solo de cabeça para baixo e, depois da ceia, arriscarei o *peixinho*. Isso combinará mesmo com o casamento: digamos, uma alusão amigável para Pseldônimov... Como é boa essa Cleópatra Semiônovna, com ela a gente pode arriscar qualquer coisa.

— É um retrógrado — replicou o jornalista, soturno, ao tomar um cálice.

— Quem é um retrógrado?

— Aquele figurão na frente do qual puseram a *pastilá*. Digo-te que é um retrógrado!

— Fala sério! — murmurou o estudante e saiu correndo do quarto, ouvindo uma *ritournelle*[30] da quadrilha.

Uma vez só, o jornalista voltou a encher o copo para aumentar a sua coragem e independência, bebeu, beliscou os petiscos... e nunca ainda o servidor de

---

[29] Grande cidade no Norte da Rússia.
[30] Breve melodia repetitiva que serve de introdução a uma obra musical ou às partes dela.

quarta classe chamado Ivan Ilitch arranjara um inimigo mais ferrenho nem um vingador mais implacável que o menosprezado colaborador da *Tição*, sobretudo após dois cálices de vodca. Mas ai, Ivan Ilitch nem sequer imaginava nada desse gênero. Tampouco imaginava outra circunstância fundamentalíssima que influenciaria todas as posteriores relações entre os convidados e Sua Excelência. O problema é que, apesar de ele ter explicado, decente e até mesmo detalhadamente, a sua presença no casamento de seu subalterno, essa explicação não satisfez, no fundo, a ninguém, e os presentes continuavam acanhados. De chofre, tudo mudou como que por milagre; acalmando-se logo, todos estavam outra vez prontos a fazer farra, a gargalhar, guinchar e dançar, como se não houvesse na sala nenhum visitante inesperado. O motivo disso era o boato que se espalhara repentinamente e não se sabia de que maneira, o zunzum, a notícia de que o visitante em questão estaria, talvez, aquilo ali... pingado. E, posto que tal conjetura tivesse, à primeira vista, o aspecto de uma calúnia horribilíssima, ela passou, aos poucos, a parecer correta, de modo que tudo se esclareceu num átimo. Ainda por cima, estabeleceu-se uma liberdade extraordinária. E foi justamente nesse momento que começou a quadrilha, a última antes da ceia, de que o estudante de Medicina se apressava tanto a participar.

E logo que Ivan Ilitch se dispôs a puxar novamente conversa com a noiva, tentando, dessa vez, diverti-la com algum trocadilho, o alto oficial deu um salto em direção a ela e dobrou, num ímpeto, um dos joelhos.

A moça não demorou a pular do sofá e voou com ele para integrar as fileiras da quadrilha. O oficial nem pediu desculpas, e a moça nem olhou, indo embora, para o general, como se estivesse mesmo contente de se livrar dele.

"Aliás, no fundo ela tem o direito de fazer isso" — pensou Ivan Ilitch —, "e essa gente não respeita as conveniências".

— Hum... tu, mano Porfíri, não precisas de cerimônias — dirigiu-se a Pseldônimov. — Talvez tenhas algum pedido... sobre o expediente... ou mais alguma coisa... fica, por favor, à vontade.

"Será que ele me vigia aqui?" — acrescentou mentalmente. Pseldônimov se tornava insuportável com esse seu pescoço comprido e esses olhos que o fitavam com atenção. Numa palavra, não era nada daquilo que ele buscava, nada mesmo, porém Ivan Ilitch ainda estava bem longe de reconhecê-lo.

A quadrilha começou.

— O senhor aceita, Vossa Excelência? — perguntou Akim Petróvitch, segurando, respeitosamente, a garrafa e preparando-se para encher a taça de Sua Excelência.

— Eu... na verdade, eu não sei, se...

Mas Akim Petróvitch já lhe servia champanhe, e seu semblante irradiava veneração. Ao encher a taça do general, Akim Petróvitch encheu também a sua, encolhendo-se e contorcendo-se todo, como se agisse às escondidas ou furtasse alguma coisa, e a diferença era que, por motivos de reverência, na sua taça havia um dedo de champanhe a menos. Ao lado de seu chefe imediato, ele se comportava como uma mulher prestes a dar à luz. De que poderia falar com o general? No entanto, Akim Petróvitch devia, até mesmo em cumprimento de suas obrigações, divertir Sua Excelência, tendo a honra de lhe fazer companhia. O champanhe foi uma boa opção; Sua Excelência se mostrou, ademais, contente de o funcionário encher sua taça — não por causa do próprio champanhe, quente e nojento em seu estado naturalíssimo, mas assim, no sentido moral.

"O velho gostaria de beber" — pensava Ivan Ilitch —, "mas não ousa beber sem mim. Não vou, pois, contê-lo... Além disso, seria ridículo a garrafa ficar cheinha entre nós dois".

Ele tomou um gole, achando que beber seria preferível a permanecer de braços cruzados.

— É que estou aqui — começou a falar com pausas e acentos —, é que estou aqui, digamos assim, por acaso, e certamente pode ser que alguém pense... que eu... digamos assim, que não me cabe participar de tal... reunião.

Calado, Akim Petróvitch escutava com uma curiosidade tímida.

— Mas eu espero que você compreenda por que estou cá... Não vim, afinal de contas, tão só para tomar vinho. He-he!

Akim Petróvitch já ia soltar uma risadinha, junto de Sua Excelência, mas de repente mudou de ideia e outra vez não disse absolutamente nada que fosse reconfortante.

— Estou cá... para, digamos assim, animar... para mostrar, assim seja dito, o objetivo moral, por assim dizer — prosseguiu Ivan Ilitch, irritado com a obtusidade de Akim Petróvitch, e de improviso também ficou calado. Viu que o pobre Akim Petróvitch até abaixara os olhos, como se tivesse alguma culpa. Tomado de certa perplexidade, o general se apressou a beber mais um gole, e Akim Petróvitch, como se toda a sua salvação consistisse nisso, pegou a garrafa e encheu novamente a taça dele.

"Não tens muitos recursos, não" — pensou Ivan Ilitch, olhando com severidade para o coitado do Akim Petróvitch. Sentindo que o general o mirava com severidade, resolveu calar-se em definitivo e não reerguer mais o olhar. Assim eles passaram uns dois minutos um defronte do outro, dois minutos bem dolorosos para Akim Petróvitch.

Duas palavras a respeito de Akim Petróvitch. Era um homem dócil que nem uma galinha, homem da mais velha têmpera, criado nos moldes do servilismo e, no entanto, bondoso e até mesmo nobre. Era um russo petersburguense, ou seja, seu pai e o pai de seu pai haviam nascido, crescido e servido em Petersburgo, sem terem saído de Petersburgo uma vez só. É um tipo inteiramente especial da gente russa. Eles quase não têm a mínima ideia da Rússia em si, nem se afligem minimamente com isso. Todos os seus interesses se restringem a Petersburgo e, em primeiro lugar, à repartição onde eles servem. Todas as suas preocupações se concentram em volta de sua *préférence*³¹ com apostas de um copeque, de uma lojinha e do ordenado mensal. Eles não conhecem nenhum hábito russo, nenhuma canção russa, tirante o "Paviozinho" que lhes é familiar por ser tocado pelos realejos. Existem, aliás, dois sinais importantes e inabaláveis que permitem logo distinguir um verdadeiro russo do russo petersburguense. O primeiro sinal é que todos os russos petersburguenses, todos sem exceção, sempre dizem "Diário acadêmico" e nunca "Diário petersburguense".³² O segundo sinal, de igual importância, é que um russo petersburguense jamais usa a expressão "café da manhã", mas sempre diz *Frühstück,*³³ acentuando sobremaneira a sílaba "frü". É bem possível reconhecer um russo petersburguense por esses dois sinais enraizados e determinantes; numa palavra, é um tipo dócil e definitivamente formado nos últimos trinta e cinco anos.³⁴ De resto, Akim Petróvitch não era nada bobo. Se o general lhe perguntasse algo que tivesse a ver com ele, decerto responderia e levaria a conversa adiante, mas, na realidade, seria indecente Akim Petróvitch, como subalterno, responder às perguntas que o chefe lhe fazia, mesmo morrendo de

---

³¹ Preferência (em francês): jogo de cartas popular na Rússia.
³² O jornal *Diário Petersburguense* era editado, desde 1728, pela Academia das Ciências da Rússia.
³³ Café da manhã (em alemão).
³⁴ O autor se refere, notadamente, ao reinado de Nikolai I (1825–1855), um dos períodos mais despóticos em toda a história russa.

curiosidade para saber alguns pormenores das atuais intenções de Sua Excelência.

Enquanto isso, Ivan Ilitch era cada vez mais absorvido pela meditação e por um redemoinho de ideias; distraído, bebia da sua taça à sorrelfa, mas a cada minuto. Akim Petróvitch, por sua parte, enchia-lhe a taça rápida e zelosamente. Ambos estavam calados. Ivan Ilitch começou a observar as danças e, pouco depois, estas atraíram, em certo grau, a sua atenção. De súbito, uma circunstância chegou a surpreendê-lo...

As danças eram realmente alegres. Dançava-se por mera simplicidade dos corações, para se divertir e mesmo se extasiar. Havia pouquíssimos dançadores hábeis; porém os inábeis batiam os pés com tanta força que bem se podia tomá-los por hábeis. Destacava-se, primeiro, o oficial: ele tinha um gosto particular por aquelas figuras que dançava sozinho, como que fazendo um solo. Aí se dobrava pasmosamente, ou seja, todo reto como uma versta, inclinava-se de supetão para um lado, fazendo pensar que ia logo cair, mas, dado o passo seguinte, inclinava-se de supetão para o lado oposto, mantendo o mesmo ângulo oblíquo em relação ao chão. Tinha uma expressão facial seriíssima e dançava plenamente convencido de que todo mundo se espantava com ele. Outro cavalheiro adormeceu, após a segunda figura, ao lado de sua dama, tendo enchido a cara antes da quadrilha, de sorte que a dama se viu obrigada a dançar sozinha. Um jovem servidor de décima quarta classe, que dançava com uma dama de echarpe azul, fazia o mesmo truque em todas as figuras e em todas as cinco quadrilhas dessa noite: ficava um pouco atrás de sua dama, apanhava a pontinha de sua echarpe no ar e, passando a seguir para o *vis-à-vis*,[35] pregava nessa pontinha umas duas dezenas de beijos. Quanto à dama, ela deslizava na sua frente, como se não percebesse nada. O estudante de Medicina realmente fez um solo de cabeça para baixo e provocou uma louca exaltação, tropel e guinchos de prazer pela sala. Numa palavra, a desinibição era demasiada. Ivan Ilitch se pôs a sorrir, influenciado, aliás, pelo vinho, mas, pouco a pouco, uma dúvida amarga começou a insinuar-se em sua alma: por certo, ele gostava muito de desenvoltura e desinibição; queria essa desenvoltura e mesmo clamava sinceramente por ela, quando todos estavam recuando, e eis que agora essa desenvoltura já ia ultrapassando os limites. Por exemplo, uma dama que trajava um vestido azul de veludo gasto, comprado da quarta mão, prendeu, na sexta figura, esse vestido com alfinetes, dando-lhe o aspecto de uma calça masculina. Era aquela mesma Cleópatra Semiônovna com a qual se podia arriscar qualquer coisa, segundo a expressão de seu cavalheiro, o estudante de Medicina. Nem se falava no próprio estudante de Medicina: era simplesmente um Fókin.[36] Como assim: havia pouco recuavam e, de repente,

---

[35] Posição em que os dançarinos ficam face a face.
[36] Dançarino de cancã que, na época de Dostoiévski, "era famoso em toda Petersburgo por seus saltos que chegavam ao último grau da sem-vergonhice".

ficaram todos emancipados? Não seria nada, mas era meio estranha a transição que pressagiava algo. Eles pareciam ter esquecido que existia neste mundo Ivan Ilitch. Bem entendido, ele era o primeiro a gargalhar e mesmo se atrevia a bater palmas. Akim Petróvitch ria em uníssono, todo respeitoso, embora com visível prazer e sem suspeitar que Sua Excelência já começasse a nutrir um novo verme em seu coração.

— Como você dança bem, meu jovem — Ivan Ilitch foi obrigado a dizer isso ao estudante que passava por perto: a quadrilha acabava de terminar.

O estudante se virou bruscamente para ele, fez uma careta e, pondo o seu rosto indecorosamente próximo de Sua Excelência, soltou, com todas as forças, um cacarejo. Isso já passava dos limites. Ivan Ilitch levantou-se da mesa. Não obstante, seguiu-se uma explosão de riso irrefreável, sendo o cacarejo por demais natural e toda a travessura completamente inesperada. Ivan Ilitch ainda permanecia perplexo quando, de repente, apareceu Pseldônimov em pessoa e, fazendo mesuras, convidou-o para a ceia. Atrás dele veio a sua mãe.

— Vossa Excelência, paizinho querido — disse ela, também se curvando —, faça-nos a honra, não despreze a nossa pobreza...

— Eu... eu, na verdade, não sei — ia dizer Ivan Ilitch — não vim para... eu... já queria ir embora...

De fato, ele estava com sua *chapka* nas mãos. Ainda por cima, jurou a si mesmo, nesse exato momento, que sairia sem falta, agora, custasse o que custasse, e que não ficaria de jeito nenhum, mas... mas ficou. Um minuto depois, encabeçava o desfile rumo à mesa. Pseldônimov e sua mãe iam na frente e abriam-lhe a passagem. Ofereceram ao general o lugar mais honroso, e uma garrafa intacta de champanhe surgiu, outra vez, diante do seu talher. Havia petiscos, arenque e vodca. Ele estendeu a mão, encheu um enorme copo de vodca e bebeu. Jamais tomara vodca antes. Tinha a impressão de escorregar uma ladeira abaixo, voando, voando, voando, sentia que precisava parar, agarrar-se a qualquer coisa, mas já não tinha a menor possibilidade de fazer isso.

Sua situação se tornava, efetivamente, cada vez mais excêntrica. Era, como se todo o restante não lhe bastasse, uma caçoada da sorte. Sabia Deus o que se dera com ele no decorrer de apenas uma hora. Entrando, ele abria os braços, por assim dizer, a toda a humanidade e a todos os seus subalternos; apenas uma hora mais tarde, percebia, com todas as dores do seu coração, e estava ciente de que odiava Pseldônimov, amaldiçoando-o a par de sua noiva e de seu casamento. Ainda por cima, compreendia, tão só pela cara e pelos olhos, que o próprio Pseldônimov o odiava, por sua vez, e parecia prestes a dizer: "Ah, maldito, que o diabo te carregue! Pendurou-se no meu pescoço!...". Havia muito tempo, o general lia tudo isso em seu olhar.

É claro que mesmo agora, sentando-se à mesa, Ivan Ilitch preferiria deixar que lhe decepassem um braço a reconhecer com sinceridade — não só em voz alta, mas para si próprio, no íntimo — que tudo se passava, precisa e realmente, dessa maneira. A hora da verdade ainda não chegara, e ele continuava, de certa forma, balançado no sentido moral. Mas seu coração... seu coração doía, clamava pela liberdade, pelo ar fresco, pelo descanso! É que Ivan Ilitch era um homem bondoso em demasia.

Ele sabia, sabia muito bem que deveria ter ido embora havia tempo, e não apenas ter ido, mas ter corrido embora, que tudo isso ficara, de supetão, diferente, tomando um aspecto absolutamente diverso do que ele tinha imaginado, pouco antes, ali na calçada.

"Por que é que vim, pois? Teria vindo para comer e beber aqui?" — perguntava ele a si mesmo, beliscando o arenque. Chegava a negar sua proeza: uma ironia a respeito desta movia-se, por momentos, em sua alma. Começava, inclusive, a não compreender os reais motivos de sua vinda.

Mas como poderia ir embora? Retirar-se assim, sem ter terminado, seria impossível. "O que vão dizer? Vão dizer que me arrasto pelos lugares indecentes. Acontecerá isso mesmo, aliás, se eu não terminar. O que vão dizer amanhã, por exemplo (já que o boato passará por toda parte), Stepan Nikíforovitch, Semion Ivânovitch, o pessoal dos secretariados, a família Schembel, a família Chúbin? Não, é preciso ir embora de modo que eles todos entendam por que vim, é preciso revelar o objetivo moral..." — Enquanto isso, o momento patético demorava a chegar. — "Eles nem sequer me respeitam" — continuava ele. — "Por que estão rindo? Andam tão insolentes, como se fossem desalmados... Sim, fazia tempo que eu suspeitava que toda essa nova geração era desalmada! É preciso ficar custe o que custar!... Agora eles estavam dançando, porém se reunirão todos à mesa... Eu falarei sobre as questões importantes, as reformas, a grandeza da Rússia... ainda vou arrebatá-los! Sim! Talvez nada esteja perdido ainda... Talvez seja isso que sempre ocorre na realidade. Mas como iniciaria essa conversa para atraí-los? Que artimanha é que poderia inventar? Estou simplesmente no mato sem cachorro... E de que eles necessitam, o que exigem?... Vejo-os rirem ali... Será que se riem de mim, meu Deus? Mas o que quero eu mesmo... por que estou aqui, pois, por que não vou embora, o que procuro?..." Ele pensava assim, e uma vergonha, uma vergonha profunda e insuportável, atormentava-lhe cada vez mais o coração.

Mas tudo se desdobrava dessa maneira, e uma coisa puxava a outra.

Exatamente dois minutos depois que ele se sentou à mesa, um pensamento medonho apoderou-se de todo o seu ser. De súbito, ele sentiu que estava horrivelmente bêbado, ou seja, não como antes, mas em definitivo. O porquê disso era o copo de vodca que, tomado logo após o champanhe, surtira um efeito imediato. Ele sentia, percebia com todo o seu âmago, que enfraquecera de forma irremediável. Decerto a sua coragem crescera bastante, porém a consciência não o abandonara ainda, gritando-lhe: "Não é bom, não é nada bom, e mesmo é um vexame!". Na realidade, suas instáveis ideias ébrias não conseguiam fixar-se num ponto só: de chofre, ele passou a apresentar, perceptivelmente para si próprio, duas partes distintas. Uma dessas manifestava coragem, desejo de vencer, superação de obstáculos e uma certeza desesperada de que ele ainda atingiria seu objetivo. A outra parte se traduzia numa penetrante dor na alma e numa angústia sugadora no coração. "O que vão dizer? Como isso vai terminar? O que acontecerá amanhã, amanhã, amanhã?..."

O general já vinha pressentindo, assaz vagamente, que alguns inimigos seus se encontravam no meio dos convidados. "Talvez seja porque eu estava bêbado desde o começo" — surgiu-lhe uma dúvida lancinante. Mas qual não foi o seu pavor quando ele se convenceu realmente, com base em sinais indubitabilíssimos, que seus inimigos estavam, de fato, à mesa e que não havia mais como duvidar disso.

"Por que, mas por quê?" — pensou ele.

Todos os trinta convidados se encontravam em volta daquela mesa, e alguns deles já estavam definitivamente "à vontade". Os outros se comportavam com uma independência desinibida e algo maligna: gritavam, conversavam em voz alta, brindavam fora de propósito, jogavam bolinhas de pão às damas. Um dos presentes, certo feioso personagem de sobrecasaca sebenta, caiu da cadeira, tão logo se sentou à mesa, e permaneceu no chão até o fim da ceia. Um outro queria, a qualquer custo, subir na mesa e proclamar um brinde, e foi apenas o oficial quem conseguiu moderar, pegando-o pelas abas, seu êxtase intempestivo. A ceia era totalmente heterogênea, embora um cozinheiro, servo de um general, tivesse sido chamado para fazê-la: havia galantina, língua com batata, almôndegas com ervilha e, finalmente, ganso e manjar-branco. Quanto às bebidas, havia cerveja, vodca e xerez. A única champanhe estava na frente do general, e isso o incitou a encher á taça de Akim Petróvitch, que não se atrevia a tomar a dianteira na hora da ceia. Os demais convidados brindavam com qualquer bebida que fosse. A própria mesa se compunha de várias mesas, postas uma junto da outra, uma delas a de jogo. Estava coberta de várias toalhas, uma delas a de Yaroslavl, toda colorida. Os homens estavam sentados de mistura com as mulheres. A progenitora de Pseldônimov não quisera ficar à mesa: ela mandava e desmandava. Em compensação, apareceu um maligno vulto feminino, não visto antes, de mandíbula presa por atadura, trajando um vestido de seda avermelhada e uma touca altíssima. Esclareceu-se que era a mãe da noiva que consentira afinal em sair do quarto dos fundos e participar da ceia. Não saíra mais cedo em razão de sua hostilidade irreconciliável pela mãe de Pseldônimov, da qual falaremos a seguir. Essa dama olhava para o general de maneira maldosa, até escarninha, e não queria, obviamente, ser apresentada a ele. Ivan Ilitch achou tal pessoa suspeita ao extremo. Mas, além dela, algumas pessoas também eram suspeitas e suscitavam preocupações e receios involuntários. Parecia mesmo que elas estavam conspirando entre si e que seu complô se voltava, notadamente, contra Ivan Ilitch. Era isso, ao menos, que parecia ao próprio general, e, ao longo de toda a ceia, ele ficava mais e mais convencido disso. Em particular, era maligno um senhor de barbicha, um artista livre; ele chegou a olhar, diversas vezes, para Ivan Ilitch e depois, virando-se para o seu vizinho, cochichou-lhe algo. Outro homem, um estudante, já estava, na verdade, completamente bêbado, mas nem por isso deixava de ser suspeito, a julgar por certos indícios. Maus pensamentos gerava também o estudante de Medicina. Nem o oficial merecia plena confiança. Mas quem irradiava um ódio peculiar e visível era o colaborador da *Tição*: refestelava-se tanto em sua cadeira, olhava com tanto orgulho e altivez, torcia o nariz com tanta independência! E, se bem que os outros convidados não dessem nenhuma atenção especial àquele jornalista, que se transformara num liberal por ter escrito apenas quatro versinhos para a *Tição*, nem, pelo visto, gostassem dele, Ivan Ilitch estaria pronto a jurar pela sua cabeça que não fora outra pessoa senão o colaborador da *Tição* quem fizera uma bolinha de pão, evidentemente destinada a Sua Excelência, cair, de súbito, ao seu lado.

Sem dúvida, tudo isso exercia sobre ele a influência mais lamentável.

Ainda veio à tona outra observação, sobremodo desagradável: Ivan Ilitch ficou totalmente persuadido de que começava a pronunciar palavras de certa maneira obscura e dificultosa e, bem que quisesse dizer muita e muita coisa, não conseguia mexer a língua. Depois ele foi como que perdendo o fio da meada e, o principal, passou, de repente, a fungar e a rir, sem mais nem menos, conquanto não houvesse motivos para o riso. Tal disposição acabou logo após uma taça de champanhe que Ivan Ilitch enchera para si mesmo, mas não queria beber e, de improviso, despejou absolutamente sem querer. Após essa taça, ele estava quase para chorar. Sentia-se afundando na mais excêntrica sensibilidade; voltou a amar, amar a todos, até Pseldônimov, até o colaborador da *Tição*. Subitamente, quis abraçá-los a todos, esquecer tudo e fazer as pazes com eles. E, mais que isso, contar-lhes tudo sinceramente, tudo, mas tudo, ou seja, que homem bondoso e simpático ele era, que primorosos talentos possuía. Contar como ele seria útil para a pátria, como sabia divertir o sexo feminino e, o essencial, como era progressista, com que humanismo estava prestes a condescender a todos, inclusive aos mais humildes, e afinal, à guisa de posfácio, relatar francamente todas as causas que o tinham impelido a vir, sem convite, à casa de Pseldônimov, a tomar duas garrafas de champanhe e a torná-lo feliz com a sua presença.

"Verdade, antes de tudo vêm a santa verdade e a franqueza! Vou arrebatá-los com minha franqueza. Eles acreditarão em mim, vejo isso nitidamente; agora eles me olham com hostilidade, mas, quando eu lhes revelar tudo, a minha conquista será incontestável. Eles encherão seus copos e brindarão, aos brados, à minha saúde. O oficial — tenho certeza disso — quebrará o seu copo contra a espora. Até se poderia gritar 'hurra'! Mesmo se eles quisessem levantar-me em seus braços, à moda dos hussardos, nem isso recusaria — ficaria, ao contrário, muito contente. Vou beijar a noiva na testa: ela é tão bonitinha. Akim Petróvitch também é um homem muito bom. Pseldônimov vai melhorar, na certa, futuramente. O que lhe falta é, digamos assim, aquele verniz mundano... E, se bem que toda essa nova geração não possua, sem dúvida, aquela delicadeza de coração, eu... eu falarei com eles sobre os destinos hodiernos da Rússia no meio das outras potências europeias. Mencionarei a questão agrária também, e... e todos eles me amarão, e eu me retirarei glorioso!..."

Esses devaneios eram, por certo, muito agradáveis, mas o desagradável era que, rodeado de todas essas esperanças cor-de-rosa, Ivan Ilitch descobriu em si próprio mais uma capacidade inopinada, a de cuspir. Pelo menos, a saliva começou, de chofre, a saltar de sua boca totalmente contra a sua vontade. Ele percebeu isso pela cara de Akim Petróvitch, a quem tinha salpicado a bochecha e que nem sequer tivera a audácia de limpar-se, de imediato, por mero respeito. Ivan Ilitch pegou um guardanapo e, de improviso, limpou-o pessoalmente. Mas logo achou isso tão absurdo, tão despojado de todo bom-senso, que mergulhou em silêncio e perplexidade. Embora bebesse, Akim Petróvitch continuava como que escaldado. Então Ivan Ilitch entendeu que lhe falava, havia quase um quarto de hora, de um assunto interessantíssimo, ao passo que Akim Petróvitch não apenas se mostrava meio embaraçado de escutá-lo, mas até mesmo temia alguma coisa. Sentado a uma cadeira dele, Pseldônimov também esticava o pescoço em sua direção e, inclinando a cabeça para um lado, prestava ouvido com o ar mais repugnante. Agia como se o vigiasse de fato. Correndo os olhos pelos convidados, o general viu que muitas pessoas olhavam direto para ele e gargalhavam. O mais estranho, porém, era que não se sentiu nem um pouco confuso, mas, pelo contrário, tomou mais um gole da sua taça e subitamente se pôs a falar alto e bom som.

— Eu já disse — começou ele tão alto quanto podia —, já disse, senhores, agorinha a Akim Petróvitch que a Rússia... sim, justamente a Rússia... numa palavra, os senhores entendem o que quero di-di-zer... A Rússia está vivenciando, conforme a minha profundíssima convicção, o hu-hu-humanismo...

— Hu-humanismo! — ecoou na outra ponta da mesa.
— Hu-hu!
— Bu-bu!

Ivan Ilitch fez uma pausa. Pseldônimov se levantou da sua cadeira e começou a olhar: quem fora que gritara aquilo? Akim Petróvitch abanava discretamente a cabeça, como que chamando pela consciência do público. Ivan Ilitch reparou muito bem nisso, mas continuou a sofrer calado.

— Humanismo! — prosseguiu ele com teimosia. — Há pouco tempo... exatamente, há pouco tempo eu dizia a Stepan Nikíforovitch... sim... que... que a renovação, digamos, das coisas...

— Vossa Excelência! — soou, na outra ponta da mesa, uma voz alta.

— O que deseja? — respondeu Ivan Ilitch, procurando enxergar aquele que o interrompera.

— Absolutamente nada, Vossa Excelência; fiquei empolgado. Continue, con-ti-nue! — ouviu-se a mesma voz. Ivan Ilitch estremeceu todo.

— A renovação, por assim dizer, das coisas em questão...

— Vossa Excelência! — tornou a gritar a voz.

— O que quer?

— Boa-noite!

Dessa vez Ivan Ilitch não se conteve. Interrompendo o discurso, virou-se para o perturbador da ordem e ofensor. Era um estudante, muito novo ainda, que tinha mamado além da conta e suscitava, portanto, enormes suspeitas. Estava vociferando havia bastante tempo e mesmo quebrara um copo e dois pratos, ao afirmar que seria preciso fazer isso num casamento. No momento em que Ivan Ilitch se voltou para ele, o oficial desandou a reprimir severamente esse gritalhão.

— O que tens, por que estás berrando? Seria bom se te botassem fora daqui!

— Não é contra o senhor, Vossa Excelência, não é! Continue! — bradava o escolar animado, refestelando-se na cadeira. — Continue, que estou escutando e muito, muuuito, muuuito contente com o senhor! Lou-vável, lou-vável!

— Fedelho embriagado! — sugeriu Pseldônimov em voz baixa.

— Bem vejo que está embriagado, mas...

— É que acabei de contar uma anedota bem engraçada, Vossa Excelência — começou o oficial —, sobre um tenente do nosso regimento que falava com os superiores dessa mesma forma, e o rapaz o imita agora. Após cada palavra do superior o tenente dizia "lou-vável, lou-vável". Foi por isso que o baniram do serviço, já faz dez anos.

— Que-que tenente foi esse?

— Do nosso regimento, Vossa Excelência; pirou da cabeça com aquele "louvável". Primeiro tentaram reeducá-lo e depois o prenderam... O chefe o aconselhava que nem o pai, e ele, em resposta: lou-vável, lou-vável! E coisa estranha: era um oficial corajoso, de nove *verchoks* de altura.[37] Queriam julgá-lo, mas perceberam que era doido.

— Pois então... um escolar. Poderiam não censurar muito essa conduta de escolar... Eu, por minha parte, estaria pronto a perdoar...

— Foi a medicina que o examinou a fundo, Vossa Excelência.

— Como? Foi dis-se-cado?

— Misericórdia, mas ele estava vivinho.

---

[37] Antiga unidade de medida de comprimento russa (em russo: вершок), equivalente a 4,445 cm. Na época de Dostoiévski, a altura humana era medida, na Rússia, segundo a fórmula "dois *archins* (aproximadamente 142 cm) + 'tantos' *verchoks*"; assim, a altura do referido tenente é de 9 *verchoks* acima de dois *archins*, ou seja, aproximadamente 182 cm.

Uma explosão de riso, bem alta e quase generalizada, estourou no meio dos convidados, que se portavam a princípio de modo decente. Ivan Ilitch ficou bravo.

— Senhores, senhores! — gritou ele, de início quase sem gaguejar. — Estou perfeitamente capaz de compreender que não se disseca uma pessoa viva. Eu achava que, uma vez enlouquecido, ele não estivesse mais vivo... quer dizer, já morreu... ou seja, eu quero dizer... que os senhores não gostam de mim... Enquanto isso, eu gosto de todos aqui... sim, e amo Por... Porfíri... Eu me humilho falando assim...

Nesse momento uma formidável cusparada voou dos lábios de Ivan Ilitch e jorrou em cima da toalha, bem no lugar mais visível. Pseldônimov acorreu para enxugá-la com um guardanapo. Essa última desgraça esmagou o general em definitivo.

— Senhores, isso já é demais! — exclamou ele, desesperado.

— Gente bêbada, Vossa Excelência — voltou a sugerir Pseldônimov.

— Porfíri! Eu vejo que todos... vocês... sim! Eu digo que espero... sim, eu desafio a todos que me digam: como foi que me humilhei?

Ivan Ilitch estava para chorar.

— Tenha dó, Vossa Excelência!

— Porfíri, eu me dirijo a ti... Diz, se eu vim... sim... sim, ao casamento, é que tinha um objetivo. Queria elevar moralmente... queria que sentissem. Eu me dirijo a todos: estou muito humilhado aos seus olhos ou não?

Um silêncio sepulcral. O problema é que se seguiu um silêncio sepulcral e, mais ainda, em resposta a uma indagação tão categórica assim. "Será que não poderiam, não poderiam, nem sequer neste momento, gritar alguma coisa?" — passou, num átimo, pela cabeça de Sua Excelência. Contudo, os convidados apenas se entreolhavam. Akim Petróvitch estava mais morto que vivo, e Pseldônimov, mudo de susto, repetia consigo mesmo a terrível pergunta que o atormentava havia tempo: "O que é que farão de mim amanhã por tudo isso?". De súbito, o colaborador da *Tição*, já muito embriagado, mas até então imerso num lúgubre silêncio, dirigiu-se diretamente a Ivan Ilitch e pôs-se, de olhos fulgentes, a responder em nome de toda a assembleia.

— Sim! — bradou ele com uma voz de trovão. — Sim, o senhor se humilhou, sim, o senhor é um retrógrado... Re-tró-gra-do!

— Cuidado, meu jovem! Com quem é que está falando, digamos assim? — gritou Ivan Ilitch, furioso, pulando outra vez do seu assento.

— Estou falando com o senhor e, além do mais, não sou o seu jovem... O senhor veio para se requebrar e buscar popularidade.

— Pseldônimov, o que é isso? — exclamou Ivan Ilitch.

Mas Pseldônimov se levantou com tamanho pavor que ficou imóvel, qual um poste, sem ter a menor ideia de como devia agir. Os convidados também emudeceram em seus lugares. O artista e o estudante aplaudiam, gritavam "bravo, bravo!".

O jornalista continuava a esbravejar com uma fúria irrefreável:

— Sim, o senhor veio para se gabar de seu humanismo! O senhor atrapalhou a nossa alegria geral. Estava bebendo champanhe e não entendeu que ele é caro demais para um servidor que ganha dez rublos de ordenado por mês, e eu cá suspeito que o senhor seja um daqueles chefes que se babam pelas esposas novinhas de seus subordinados! E, além disso, tenho a certeza de que o senhor apoia o arrendamento exclusivo...[38] Sim, sim, sim!

— Pseldônimov, Pseldônimov! — gritava Ivan Ilitch, estendendo-lhe os braços. Sentia que cada palavra do jornalista seria um novo punhal para o seu coração.

— Agora, Vossa Excelência, tenha a bondade de não se preocupar! — exclamou Pseldônimov energicamente, achegou-se depressa ao jornalista, pegou-o pela gola e puxou-o para fora da mesa. Nem se podia supor que o mofino Pseldônimov possuísse tamanha força física. No entanto, o jornalista estava muito bêbado e Pseldônimov totalmente sóbrio. Deu-lhe, a seguir, umas pancadas nas costas e expulsou-o portas afora.

---

[38] Trata-se do direito de recolher taxas relativas à venda de bebidas alcoólicas (e, parcialmente, de produzir e comercializar essas bebidas), cedido pelo Estado aos particulares, que estava em vigor, na Rússia, de 1765 a 1817 e de 1827 a 1861, sendo depois nacionalizado.

— Vocês todos são canalhas! — bradava o jornalista. — Amanhã mesmo vou caricaturar todos vocês na minha *Tição*!

Todos ficaram em pé.

— Vossa Excelência, Vossa Excelência! — vociferavam Pseldônimov, sua mãe e alguns convidados, espremendo-se perto do general. — Acalme-se, Vossa Excelência!

— Não, não! — gritava o general. — Estou destruído... eu vim... eu queria, digamos assim, batizar. E eis o que recebi por isso, eis o que recebi!

Ele desabou numa cadeira, como que desmaiado, pôs ambos os braços na mesa e deixou a cabeça cair em cima deles, direto num prato de manjar-branco. Nem é preciso descrever o terror generalizado. Um minuto depois, ele se reergueu, querendo, pelo visto, ir embora, cambaleou, tropeçou na perna de uma cadeira, tombou com um forte baque e ficou roncando no chão...

É isso que se dá com as pessoas sóbrias quando elas se embriagam ocasionalmente. Até o último limite, até o último instante, elas se mantêm conscientes e depois caem de supetão, como ceifadas. Ivan Ilitch jazia no chão, privado de todos os sentidos. Pseldônimov agadanhou os cabelos e petrificou-se nessa posição. Os presentes começaram a retirar-se às pressas, e cada um interpretava o ocorrido de sua maneira. Já eram quase três horas da madrugada.

O mais importante, porém, é que as circunstâncias de Pseldônimov eram bem piores do que se poderia imaginar, mesmo com toda a feiura de sua situação atual. Enquanto Ivan Ilitch estiver prostrado no chão e Pseldônimov se inclinar sobre ele, revolvendo com desespero os seus cabelos, interrompamos o curso determinado de nossa narração e digamos algumas palavras esclarecedoras acerca de Porfíri Petróvitch Pseldônimov como tal.

Apenas um mês antes do seu matrimônio, ele perecia no sentido literal e de modo irreparável. Veio da província, onde seu pai tivera, em não se sabia que tempo, não se sabia que cargo e falecera perseguido pela justiça. Quando, uns cinco meses antes do casamento, Pseldônimov, que vegetava em Petersburgo havia um ano inteiro, obteve seu emprego de dez rublos, ele já ia ressuscitar corporal e espiritualmente, mas logo ficou rebaixado pelas circunstâncias. Restavam tão só dois Pseldônimov neste mundo, ele próprio e sua mãe, que abandonara a província após a morte do marido. Juntos, a mãe e o filho estavam morrendo de frio e alimentavam-se de materiais duvidosos. Havia dias em que Pseldônimov ia, com uma caneca, até o Fontanka[39] para beber água diretamente do rio. Conseguindo o emprego, ele se instalou, bem ou mal, com sua mãe num cantinho. Ela se pôs a lavar roupas alheias, e ele passou uns quatro meses amealhando economias para arranjar, de algum jeito, um par de botas e um capotezinho.

---

[39] Um dos rios que atravessam a cidade de São Petersburgo.

E quantas calamidades aturou em sua repartição! Os superiores vinham inquirir por quanto tempo ele não tomava banho. Corriam rumores de que os percevejos se aninhavam, aos magotes, sob a gola de seu uniforme. Mas Pseldônimov tinha uma índole firme. Aparentava calma e docilidade; sua instrução era rudimentar, e quase nunca o ouviam conversar com outras pessoas. Não sabemos ao certo se ele pensava, criava planos e sistemas, sonhava com algo. Em lugar disso tudo, formava-se nele uma resolução instintiva, sólida e inconsciente, a de deixar para trás a sua situação precária. Era perseverante como uma formiga: ponham abaixo o formigueiro, e as formigas começarão logo a reconstruí-lo; desmoronem-no outra vez, e elas o erguerão de novo, e assim por diante, infatigavelmente. Era um ser construtivo e parcimonioso. Estava escrito na sua testa que ele encontraria seu rumo, levantaria sua morada e até mesmo guardaria, quem sabe, um dinheirinho para o futuro. Só a mãe é que o amava neste mundo, amava de coração. Era uma mulher forte, incansável, trabalhadora e, ao mesmo tempo, bondosa. E eles continuariam talvez vivendo, por mais cinco ou seis anos, em seu cantinho, até que as circunstâncias mudassem, se não se tivessem deparado com Mamíferov, servidor de nona classe aposentado, antigo tesoureiro que servira outrora no interior, mas se acomodara, recentemente, em Petersburgo com sua família. Esse servidor conhecia Pseldônimov e mesmo devia algum favor ao pai dele. Tinha dinheiro — decerto não muito, mas tinha; ninguém sabia, aliás, de que quantia ele dispunha na realidade, nem sua esposa, nem a filha mais velha, nem os demais parentes. Era pai de duas filhas e, sendo um mandão terrível, um beberrão, um tirano caseiro e, ainda por cima, um homem doente, teve, de supetão, a ideia de casar uma das filhas com Pseldônimov: "Eu o conheço, seu pai era gente boa, e ele próprio também será gente boa". Mamíferov fazia tudo quanto quisesse: dito e feito. Era um déspota bem estranho. Passava a maior parte do tempo sentado em suas poltronas, já que se privara do uso das pernas em decorrência de certa doença, mas isso não o impedia de beber vodca. Bebia dias inteiros e xingava. Era um homem maldoso: precisava sem falta atenazar alguém, o tempo todo. Com essa finalidade, mantinha perto de si algumas contraparentas: sua irmã, enferma e rabugenta; duas irmãs de sua esposa, também maldosas e linguarudas; ademais, sua velha tia cuja costela estava quebrada por alguma casualidade. Mantinha igualmente uma parasita, alemã russificada, por seu talento de contar-lhe histórias das *Mil e uma noites*. Todo o prazer dele consistia em judiar de todas essas infelizes comensais, em injuriá-las a cada minuto e da maneira mais feia, conquanto elas, bem como a sua esposa, que já nascera com dor de dentes, não ousassem nem dar um pio na sua frente. Ele fazia que elas brigassem, forjava boatos e provocava rixas no meio delas e depois se alegrava e caía na gargalhada vendo-as quase baterem uma na outra. Ficou todo contente quando sua filha mais velha, a qual vivera, uns dez anos, na miséria com um oficial, seu marido, e finalmente ficara viúva, veio morar na casa dele com três filhos pequenos e doentios. O velho detestava aqueles filhos, mas, como o aparecimento deles aumentara o material com que se podia fazer experiências cotidianas, andava muito contente. Toda essa caterva de maldosas mulheres e enfermas crianças comprimia-se, junto do seu torturador, numa casa de madeira no Lado Petersburguense, comia pouco, porque o velho era avarento e distribuía dinheiro copeque por copeque, embora não economizasse com sua vodca, dormia menos ainda, porque o velho padecia de insônia e reclamava diversões. Numa palavra, toda aquela gente passava necessidades e amaldiçoava o seu fado. Foi nesse meio tempo que Mamíferov reparou em Pseldônimov. Pasmou-se com o nariz comprido e a aparência humilde dele. Sua filha mais nova, feiosa e macilenta, acabava então de completar dezessete anos. Se bem que tivesse frequentado, outrora, uma *Schule*[40] alemã, não adquirira ali quase nada, senão o mais primitivo bê-á-bá. Crescera depois, escrofulosa e caquética, sob a muleta do progenitor aleijado e bêbado, numa sodoma de mexericos caseiros, delações e maledicências. Nunca tivera amigas, nem a inteligência. Fazia já muito tempo, porém, que queria casar-se. Caladinha na presença das pessoas

---

[40] Escola (em alemão).

estranhas, tornava-se maldosa e intrometida, como uma broca, em casa, ao lado da mãezinha e das parasitas. Gostava, em especial, de aplicar beliscões e pancadas nos filhos de sua irmã, de queixar-se deles por causa do açúcar e do pão furtados, razão pela qual existia uma desavença infinda e inextinguível entre ela e sua irmã mais velha. Foi o próprio Mamíferov quem a ofereceu a Pseldônimov. Por mais que este sofresse, pediu, todavia, algum tempo para refletir. Ficou cismando longamente, bem como a mãe dele. Entretanto, uma casa vinha como dote da noiva, uma casa que, embora fosse de madeira, de um só andar e meio nojenta, valia, sem dúvida, alguma coisa. Havia, além disso, quatrocentos rublos: quando é que ele arrumaria tal importância sozinho? "Por que é que coloco aquele homem em minha casa?" — bradava o mandão bêbado. — "Primeiro, porque vocês todas são mulheres, e eu estou farto do mulherio. Quero que Pseldônimov também dance conforme eu tocar, já que sou o benfeitor dele. Segundo, coloco-o em minha casa porque vocês todas não querem que faça isso e andam com raiva. Farei isso, pois, para que tenham mais raiva ainda. Farei mesmo o que disse! E tu, Porfírka, bate nela depois de casado: há dentro dela sete diabos, desde que nasceu. Expulsa-os todos, e eu te arranjarei um porrete..."

 Pseldônimov se calava, mas sua decisão já estava tomada. Ainda solteiro, fora introduzido, com sua mãe, na casa de Mamíferov, lavado, provido de roupas, calçados e dinheiro para o casamento. Talvez o velho os amparasse exatamente porque toda a sua família se voltava contra eles. Chegou a gostar, inclusive, da velhota Pseldônimova, de modo que se abstinha de judiar dela. De resto, obrigou o próprio Pseldônimov, uma semana antes do casamento, a dançar o cossaquinho[41] na sua frente. "Já basta: só queria ver se tu não me faltas com o respeito" — disse, uma vez terminada a dança. Bancou o casamento mui parcamente, mas convidou todos os seus parentes e conhecidos. Pelo lado de Pseldônimov vieram apenas o colaborador da *Tição* e Akim Petróvitch, convidado de honra. Pseldônimov sabia muito bem que a noiva sentia asco por ele e preferiria casar-se com o oficial, mas suportava tudo, conforme havia combinado com sua mãe. Ao longo de todo o dia e toda a noite do matrimônio o velho se embebedava e dizia palavras obscenas. Toda a família se aboletara, por ocasião do casamento, nos quartos dos fundos, espremendo-se lá até a catinga. Quanto aos quartos da frente, eles se destinavam ao baile e à ceia. Enfim, quando o velho adormeceu, totalmente bêbado, por volta das onze horas da noite, a mãe da noiva, especialmente zangada, nesse dia, com a mãe de Pseldônimov, resolveu mudar de humor e sair para participar do baile e da ceia. O aparecimento de Ivan Ilitch pôs tudo de cabeça para baixo. Mamíferova ficou confusa, sentida, e começou a esbravejar, questionando por que não a tinham

---

[41] Dança folclórica eslava.

avisado que viria o próprio general. Diziam-lhe que o general viera por si só, sem convite, mas ela era tão boba que não queria acreditar nisso. Precisou-se então de champanhe. A mãe de Pseldônimov encontrou somente um rublo, Pseldônimov como tal não tinha sequer um copeque. A mãe e o filho viram-se na necessidade de implorar que a maldosa Mamíferova os ajudasse a comprar, primeiro, uma garrafa e depois a outra. Apresentaram à velha o futuro das relações de serviço e da carreira, clamaram pela consciência dela. Mamíferova acabou desembolsando o seu próprio dinheiro, mas antes fizera Pseldônimov engolir tamanha copa de vinho com fel[42] que volta e meia ele ia correndo ao quartinho onde estava o leito nupcial já arrumado, agarrava, calado, os seus cabelos e atirava-se na cama destinada aos deleites paradisíacos, todo trêmulo de impotente fúria. Não, Ivan Ilitch não sabia quanto custavam duas garrafas de Jackson[43] que ele tomara nessa noite! Quais não foram, pois, o pavor, a angústia e mesmo o desespero de Pseldônimov quando a história de Ivan Ilitch teve um desfecho tão inesperado assim. De novo haveria corre-corre e, sabe-se lá, guinchos e choros da enjoada noiva, durante a noite toda, e reproches da sua parentela apalermada. Mesmo sem esses aborrecimentos, o noivo já estava com dor de cabeça, a fumarada e a

---

[42] Alusão à passagem bíblica: "Ali deram-Lhe a beber vinho misturado com fel..." (Evangelho de São Mateus, 27:34).
[43] Marca de champanhe.

escuridão já lhe toldavam os olhos. Entrementes, Ivan Ilitch precisava de ajuda, era mister procurar, às três horas da madrugada, um doutor, ou um coche a fim de levá-lo para casa, sem falta um coche, porquanto não se podia transportar tal pessoa e em tal estado num carro de aluguel. E onde, por exemplo, Pseldônimov arranjaria dinheiro para pagar um coche? Enraivecida porque o general não trocara duas palavras com ela nem sequer a olhara durante a ceia, Mamíferova declarou que não tinha mais um copeque. Talvez não tivesse mais um copeque de fato. Onde arranjar dinheiro? O que fazer? Sim, havia motivo para agarrar os cabelos.

Enquanto isso, Ivan Ilitch foi temporariamente acomodado num pequeno sofá de couro que se encontrava ali mesmo, na sala de estar. Ao passo que limpavam e desmontavam as mesas, Pseldônimov corria de um lado para o outro, pedindo dinheiro emprestado a todos, inclusive à criadagem, mas ninguém tinha um tostão furado. Atreveu-se, por fim, a incomodar Akim Petróvitch, o qual demorara a sair. Mas este, se bem que fosse uma boa pessoa, ficou tão perplexo e mesmo amedrontado, ao ouvi-lo falar em dinheiro, que disse muita porcaria inesperada.

— Em outra ocasião, com todo o prazer — balbuciou ele —, mas agora... desculpe-me, por favor.

E, pegando a sua *chapka*, ele foi correndo embora. Apenas o compassivo jovem que tinha contado sobre o almanaque onirocrítico prestou um serviço — aliás, totalmente inútil. Ele também demorara a sair, compartindo, de modo cordial, das calamidades de Pseldônimov. Afinal de contas, Pseldônimov, sua mãe e aquele jovem decidiram, de comum acordo, não chamar o doutor, mas ir buscar um coche e levar o doente para casa, e por enquanto, antes que o coche aparecesse, lançar mão de certos remédios caseiros, molhando, em particular, as têmporas e toda a cabeça do general com água fria, pondo-lhe gelo no sincipúcio, etc. Quem se encarregou disso foi a mãe de Pseldônimov, e o jovem voou à procura do coche. Como nessa hora não havia mais nem carros de aluguel no Lado Petersburguense, dirigiu-se a uma longínqua cavalariça privada, despertou os cocheiros. Começou a barganha: os cocheiros diziam que, numa hora dessas, até cinco rublos seriam poucos para alugar um coche. Acabaram, contudo, por aceitar três rublos. Mas quando, por volta das cinco horas, o jovem chegou, de coche alugado, à casa de Pseldônimov, ali já vigorava uma decisão bem diferente. Ivan Ilitch, que ainda estava sem sentidos, ficara tão doente, gemera e revolvera-se tanto que seria completamente impossível e até mesmo arriscado carregá-lo até o coche e levá-lo, nesse estado, para casa. "Em que é que isso vai dar?" — dizia Pseldônimov, todo desencorajado. O que tinha a fazer? Aí surgiu outra questão: se o doente permanecesse em casa, aonde o levariam e onde o alojariam? Havia apenas duas camas nessa casa toda: uma imensa cama de casal em que dormia o velho Mamíferov com sua esposa, e a nova cama, também de casal e feita de uma madeira que imitava a nogueira, destinada aos recém-casados. Todos os demais moradores ou, melhor dito, moradoras da casa dormiam no chão, amontoadas em colchões de penas, já parcialmente estragados e fétidos, ou seja, absolutamente inconvenientes, e que, ainda por cima, mal bastavam para servir de camas a elas mesmas. Onde é que se poderia instalar o doente? Daria, talvez, para arranjar um colchão, tomando-o, na pior das hipóteses, de alguém, mas onde e como o colocariam? Esclareceu-se que cumpria pôr o colchão na sala de jantar, pois esse cômodo era o mais distante do íntimo familiar e dispunha de uma saída à parte. Mas onde o poriam, em cima das cadeiras? Sabe-se que apenas os colegiais dormem em cima das cadeiras, vindo passar em casa a noite de sábado para domingo, enquanto no tocante a uma pessoa como Ivan Ilitch aquilo seria uma tremenda falta de respeito. O que diria ele próprio no dia seguinte, vendo-se deitado em cima das cadeiras? Pseldônimov nem queria ouvir falarem nisso. Restava a única opção: levar o general para o leito nupcial. Como já tínhamos dito, esse leito nupcial estava arrumado num quartinho, bem ao lado da sala de jantar. Na cama havia um colchão de casal, novinho em folha e ainda não inaugurado, lençóis limpos, quatro travesseiros revestidos de *buckram*[44] rosa, com fronhas de musselina recamadas de folho. O cobertor era de cetim rosa e todo ornamentado. As cortinas

---

[44] Tecido liso e reluzente.

de musselina pendiam numa argola dourada. Numa palavra, estava tudo nos trinques, e os convidados tinham elogiado a decoração, ao visitarem, quase todos, o quarto. Ainda que detestasse Pseldônimov, a noiva viera — diversas vezes ao longo da noite e, sobretudo, às escondidas — ver esse lugarzinho. Qual não foi, pois, a indignação dela, como ela ficou furiosa quando soube que pretendiam colocar em seu leito nupcial um homem acometido de uma espécie de disenteria! A mãezinha da noiva já ia defendê-la, xingando e prometendo que reclamaria, logo no dia seguinte, com seu marido, mas Pseldônimov se mostrou firme e insistiu: Ivan Ilitch foi transferido, tendo a cama dos recém-casados sido arrumada na sala, em cima das cadeiras. A noiva choramingava, estava prestes a beliscar o noivo, mas não ousou desobedecer-lhe: seu paizinho tinha uma muleta, que a moça conhecia de perto, e ela sabia que de manhã o paizinho exigiria, indubitavelmente, um relatório circunstanciado a respeito de certas coisas. Para consolá-la, trouxeram para a sala o cobertor rosa e os travesseiros com fronhas de musselina. Foi justamente nesse momento que apareceu o jovem com o coche; sabendo que o coche não era mais necessário, levou um susto descomunal. Teria de pagar ao cocheiro pessoalmente, mas o problema é que nunca tivera sequer uma *grivna*[45] no bolso.

---

[45] Antiga moeda russa, equivalente à décima parte do rublo, isto é, a dez copeques.

Pseldônimov reconheceu a sua falência definitiva. Tentaram convencer o cocheiro, mas este se pôs a gritar e mesmo a bater nos contraventos. Não sabemos, ao certo, qual foi o desfecho disso. Parece que o jovem foi levado naquele coche, como refém, a Peski,[46] à Quarta rua Rojdêstvenskaia, onde esperava acordar um estudante, que pernoitava na casa de seus conhecidos, e perguntar se ele não tinha porventura dinheiro. Já eram quase cinco horas da manhã quando os recém-casados, enfim sós, foram trancados na sala. À cabeceira do sofredor permaneceria, a noite inteira, a mãe de Pseldônimov. Ela se aboletou no chão, num capacho, cobriu-se com uma peliça, mas não conseguiu dormir, obrigada a levantar-se a cada minuto: Ivan Ilitch padecia de um terrível desarranjo intestinal. Mulher corajosa e generosa, Pseldônimova despiu-o sozinha, tirou todas as suas roupas e ficou cuidando do general durante a noite toda, como se fosse o filho dela, levando embora do quarto, através do corredor, o recipiente necessário e trazendo-o de volta. Entretanto, as desgraças dessa noite ainda estavam longe de terminar.

Não se passaram nem dez minutos desde que os recém-casados estavam trancados, a sós, na sala, e um grito dilacerante soou pela casa: não foi um gemido de gozo, mas sim um clamor da mais maligna qualidade. Após esse grito ouviu-se um

---

[46] Bairro histórico de São Petersburgo, habitado, na época, por artesãos e pequenos comerciantes.

barulho estrondoso, como se as cadeiras estivessem caindo, e de repente toda uma chusma de mulheres vociferantes e assustadas, trajando as mais diversas roupas de baixo, irrompeu, num piscar de olhos, na sala ainda escura. Essas mulheres eram: a mãe da recém-casada, sua irmã mais velha, que abandonara, nesse meio tempo, seus filhos doentes, e três tias, inclusive aquela cuja costela estava quebrada. Até a cozinheira apareceu; até a parasita alemã, a qual contava histórias e fora despojada, em prol dos recém-casados, do seu colchão que, sendo o melhor da casa, constituía todo o seu patrimônio, arrastou-se atrás das outras. Ainda um quarto de hora antes, todas essas mulheres respeitáveis e sabedoras tinham saído, nas pontas dos pés, da cozinha e, esgueirando-se pelo corredor, tinham vindo à antessala para escutar, devoradas pela curiosidade mais inexplicável. Nesse ínterim, alguém acendeu apressadamente uma velinha, e um espetáculo inesperado se apresentou a todos os olhos. Sem terem suportado o duplo peso, as cadeiras, que sustentavam o largo colchão apenas dos lados, acabaram por deslizar e deixá-lo cair no chão. A jovem esposa choramingava de raiva: dessa vez, estava sentida para valer. Moralmente trucidado, Pseldônimov parecia um malfeitor preso em flagrante. Nem sequer procurava justificar-se. Os ais e guinchos retumbavam por toda parte. A mãe de Pseldônimov também acorreu, atraída pelo barulho, mas a mãezinha da recém-casada alcançou, dessa vez, uma vitória absoluta. A princípio, ela cobriu

Pseldônimov de estranhos e, em sua maioria, injustos reproches como: "Que marido és, meu queridinho, depois disso? Para que serves, meu queridinho, depois desse vexame?", e assim por diante, e afinal, tomando a filha pela mão, levou-a para o seu quarto e assumiu, pessoalmente, a futura responsabilidade ante o temível pai que exigiria a prestação de contas. Lamuriando e abanando a cabeça, toda a mulherada foi atrás dela. Ao lado de Pseldônimov ficou tão somente a sua mãe, tentando consolá-lo, mas ele a mandou embora de imediato.

Pseldônimov estava inconsolável. Foi rastejando até o sofá e sentou-se, imerso numa meditação soturníssima, descalço como estava e de trajes sumários. Os pensamentos cruzavam-se e confundiam-se em sua cabeça. Por vezes, como que maquinalmente, ele corria os olhos pelo quarto onde os dançadores se endiabravam, havia tão pouco tempo, e a fumaça dos cigarros ainda flutuava no ar. As pontas de cigarros e invólucros de bombons estavam ainda espalhados pelo chão molhado e emporcalhado. As ruínas do leito nupcial e as cadeiras tombadas testemunhavam a efemeridade das melhores e mais seguras esperanças e aspirações terrenas. Dessa maneira, ele ficou sentado por quase uma hora. Os pensamentos pesados não cessavam de vir à sua cabeça, como por exemplo: o que se daria com ele agora em sua repartição? Ele compreendia, com muita dor, que lhe cumpriria, de qualquer jeito, mudar de emprego e que seria impossível permanecer no mesmo lugar justamente por causa do ocorrido nessa noite. Também lhe vinha à mente Mamíferov, que decerto o obrigaria, logo no dia seguinte, a dançar outra vez o cossaquinho, a fim de pôr sua lealdade à prova. Tinha compreendido, de igual modo, que Mamíferov lhe dera apenas cinquenta rublos (gastos, aliás, até o último copeque) para o casamento, mas nem pensara em entregar quatrocentos rublos de dote, nem sequer os mencionara ainda. E mesmo a própria casa não fora ainda escriturada plena e formalmente. Pensava também em sua esposa, que o deixara no momento mais crítico de sua vida, e naquele alto oficial que se ajoelhava perante a sua esposa. Tendo reparado nisso, pensava em sete demônios que estavam dentro de sua esposa, conforme testemunhara o seu progenitor em pessoa, e no porrete preparado para expulsá-los... Sentia-se, por certo, capaz de suportar muita coisa, mas o destino lhe fazia tais surpresas que poderia, no fim das contas, duvidar das suas forças.

Assim se contristava Pseldônimov. Enquanto isso, o coto de vela se extinguia. Sua bruxuleante luz, que iluminava diretamente o perfil de Pseldônimov, fazia-o refletir-se, de forma colossal, na parede, com seu pescoço esticado, nariz adunco e dois tufos de cabelos espetados na testa e na nuca. Por fim, tendo já despontado o frescor matinal, ele se levantou, tiritante de frio e gelado espiritualmente, foi até o colchão que jazia entre as cadeiras e, sem arrumar nada, sem apagar o coto de vela nem mesmo colocar um travesseiro debaixo da sua cabeça, subiu de gatinhas na cama improvisada e mergulhou naquele sono de chumbo, naquele sono de morte que deve ser próprio de quem for submetido, entre hoje e amanhã, à execução comercial.[47]

Por outro lado, o que é que podia ser comparado àquela terrível noite que Ivan Ilitch Pralínski passou no leito nupcial do desgraçado Pseldônimov? Durante algum tempo, a dor de cabeça, os vômitos e similares acessos desagradabilíssimos não o deixavam nem um minuto. Eram suplícios infernais. A consciência, embora mal ressurgisse em sua cabeça, alumiava tais abismos de horror, tais quadros lúgubres e abomináveis, que seria melhor se ele continuasse inconsciente. De resto, tudo estava ainda mesclado em sua mente. Ele reconhecia, por exemplo, a mãe de Pseldônimov, ouvindo suas meigas exortações como: "Aguente, meu queridinho; aguente, paizinho, que a paciência cura tudo", reconhecia-a, mas não conseguia encontrar nenhuma explicação lógica para sua presença ao lado dele. Via horripilantes espectros: quem mais o atormentava era Semion Ivânovitch, porém, ao olhar com mais atenção para ele, o general percebia que não era, de modo algum, Semion Ivânovitch e, sim, o nariz de Pseldônimov. Resvalavam na sua frente o artista livre, o oficial e a velha de bochecha atada. E o que mais o interessava ainda era a argola dourada, que se encontrava acima de sua cabeça e através da

---

[47] Açoitamento em praças comerciais e outros lugares públicos, praticado na Rússia até 1845.

qual passavam as cortinas. Distinguia-a nitidamente, à luz daquele coto de vela que iluminava fracamente o quarto, e procurava, sem trégua, compreender para que servia a argola, por que estava ali, que significado tinha. Volta e meia perguntava à velhota acerca disso, mas não dizia, por certo, o que pretendia dizer, e ela tampouco o entendia, por mais que ele insistisse em explicar-se. Afinal, já de manhãzinha, os ataques cessaram, e ele adormeceu, profundamente e sem sonhos. Ficou dormindo em torno de uma hora e, quando despertou, estava quase em plena consciência, sentia uma insuportável dor de cabeça e tinha um ressaibo execrabilíssimo na boca e na língua, que se transformara num pedaço de pano. Ele se soergueu na cama, olhou ao redor e entregou-se às reflexões. Filtrando, como uma faixa estreita, pelas frestas dos contraventos, a pálida luz do dia nascente tremia na parede. Eram aproximadamente sete horas da manhã. Mas quando Ivan Ilitch se recuperou e lembrou, de repente, tudo que lhe acontecera de noite; quando recordou todas as suas aventuras durante a ceia, sua proeza malsucedida e seu discurso à mesa; quando imaginou, de uma só vez e com uma clareza assombrosa, tudo o que poderia agora resultar disso, tudo que as pessoas iriam dizer e pensar agora a respeito dele; quando olhou à sua volta e viu, finalmente, a que estado triste e repugnante levara o pacato leito nupcial de seu subalterno — oh, tanta vergonha mortífera, tais sofrimentos fulminantes acometeram então o seu coração, que ele soltou um grito, tapou o rosto com as mãos e, desesperado, recaiu no travesseiro. Um minuto depois, pulou da cama, avistou ali mesmo, em cima de uma cadeira, as suas roupas, já limpas e postas em ordem, pegou-as e, apressado, olhando para trás e temendo horrivelmente alguma coisa, começou a vesti-las. Sua peliça e sua *chapka*, com as luvas amarelas dentro, também estavam ali, em cima da outra cadeira. O general queria sair às ocultas. De súbito, a porta se abriu, e a velhota Pseldônimova entrou com uma bacia de barro e um lavatório portátil nas mãos. Uma toalha pendia no ombro dela. Pseldônimova colocou o lavatório na frente do general e, sem maiores conversas, declarou que lhe cumpria lavar obrigatoriamente o rosto:

— Pois lave o rosto, paizinho, senão não pode sair...

E nesse instante Ivan Ilitch entendeu que, se houvesse no mundo inteiro, ao menos, uma criatura perante a qual ele pudesse não sentir agora vergonha nem medo, seria exatamente aquela velhota. Ele se lavou o rosto. E por muito tempo depois, em difíceis momentos de sua vida, lembraria, a par de outros remorsos, todas as circunstâncias de seu despertar e a bacia de barro, com o lavatório de faiança cheio de água fria em que flutuavam ainda pedacinhos de gelo, e o sabonete num papelzinho rosa, de forma oval, com algumas letras gravadas nele, que custava uns quinze copeques, decerto comprado para o novo casal, mas usado, pela primeira vez, por Ivan Ilitch, e, finalmente, a velha com sua toalha de *kamtcha*[48]

---

[48] Tecido fosco de linho com ornamentos brilhosos e brancos.

no ombro esquerdo. Refrescado por água fria, ele enxugou o rosto e, sem dizer uma só palavra nem mesmo agradecer à sua enfermeira, pegou a *chapka*, pôs a peliça, que Pseldônimova lhe estendera, nos ombros e, através do corredor e da cozinha, onde miava uma gata e a cozinheira se soerguia em seu lençol para acompanhá-lo com os olhos com uma ávida curiosidade, saiu correndo da casa e, uma vez na rua, arrojou-se ao encontro de uma carruagem que passava por perto. A manhã estava gélida, uma fria neblina amarelada tapava ainda os prédios e todos os objetos em geral. Ivan Ilitch levantou sua gola. Pensava que todos olhavam para ele, que todos o conheciam e reconheciam...

Ele passou oito dias sem sair de casa nem comparecer à sua repartição. Estava doente, mas sua cruel moléstia era antes espiritual do que física. Vivenciou todo um inferno nesses oito dias, os quais seriam, por certo, levados em conta no seu julgamento póstumo. Havia minutos em que ele pensava em tornar-se monge. Havia, sim, e mesmo sua imaginação se desenfreava sobremaneira nesses minutos. Ele vislumbrava um plácido canto subterrâneo, um ataúde aberto, sua vida numa recôndita cela, florestas e cavernas, mas, logo que voltava a si, entendia quase de imediato que tudo isso não passava de um horribilíssimo grotesco e um exagero, e sentia-se envergonhado. Depois começavam os ataques morais que tinham em vista a sua *existence manquée*. Depois a vergonha se reacendia em sua alma, apoderava-se, de uma vez, dela, ardia e avivava tudo.

Ele estremecia de imaginar diversos quadros. O que diriam a seu respeito, o que pensariam, como ele entraria em sua repartição, que cochicho o perseguiria um ano inteiro, dez anos ou toda a vida. Sua anedota chegaria à posteridade. O general andava, por vezes, tão pusilânime que estava prestes a ir correndo à casa de Semion Ivânovitch e a pedir-lhe perdão e amizade. Definitivamente arrependido, nem sequer procurava justificar a si próprio: não encontrava justificativas e achava vergonhoso buscá-las.

Cogitava também em pedir logo demissão para se dedicar, num humilde recolhimento, à felicidade do gênero humano. Em todo caso, precisaria afastar-se, sem falta, de todos os conhecidos e, mais que isso, de modo a desarraigar toda e qualquer reminiscência sua. Pensava, a seguir, que era tudo bobagem e que, sendo especialmente rígido com seus subalternos, ele poderia ainda consertar o negócio todo. Passava, então, a ter esperanças e a recobrar o ânimo. Enfim, ao cabo desses oito dias de dúvidas e sofrimentos, sentiu que não podia mais suportar a incerteza e, *un beau matin*,[49] resolveu ir à repartição.

Havia imaginado mil vezes, enquanto permanecia, angustiado, em casa, de que maneira ele entraria em seu secretariado. Tomado de pavor, convencia-se de que indubitavelmente ouviria, atrás de si, um ambíguo cochicho, veria fisionomias ambíguas e colheria malignos sorrisos. Qual não foi o seu pasmo quando

---

[49] Uma bela manhã (em francês).

nada disso aconteceu na realidade! Receberam-no mui respeitosamente; todos o saudavam, todos estavam sérios e ocupados. Uma alegria encheu-lhe o coração, quando ele se esgueirou para o seu gabinete.

O general se pôs a trabalhar com toda a diligência e seriedade, ouviu alguns relatórios e explicações, tomou algumas resoluções. Sentia que nunca raciocinara e despachara de forma tão sagaz e prática como naquela manhã. Via que os subalternos estavam contentes, que o tratavam com respeito e mesmo veneração. Nem a desconfiança mais aguçada poderia descobrir nada que fosse errado. O trabalho corria às mil maravilhas.

Apareceu, finalmente, Akim Petróvitch com alguns papéis. Seu aparecimento causou a Ivan Ilitch como que uma picada bem no coração, mas tão só por um instante. Ele se pôs a conversar com Akim Petróvitch, tratando-o com imponência e esclarecendo o que e como lhe cumpria fazer. Percebeu apenas que evitava, de certo modo, olhar para Akim Petróvitch por muito tempo ou, melhor dito, que Akim Petróvitch receava olhar para ele. Mas eis que Akim Petróvitch terminou e foi recolhendo seus papéis.

— Há mais um pedido — começou ele, tão secamente quanto podia —, o do servidor Pseldônimov, sobre a transferência dele para o departamento... Sua Excelência Semion Ivânovitch Chipulenko lhe prometeu um cargo, e ele pede o amável auxílio de Vossa Excelência.

— Ah, ele é transferido — disse Ivan Ilitch e sentiu o seu coração se livrar de um peso enorme. Olhou para Akim Petróvitch, e nesse momento seus olhares se entrecruzaram.

— Pois bem, eu, de minha parte... eu usarei... — respondeu Ivan Ilitch —, estou à disposição.

Pelo visto, Akim Petróvitch queria retirar-se o mais rápido possível. Mas de improviso, num rasgo de magnanimidade, Ivan Ilitch decidiu expressar-se em definitivo. Decerto a inspiração voltara a apossar-se dele.

— Diga-lhe — começou ele, fixando em Akim Petróvitch um olhar claro e cheio de profunda significância —, diga a Pseldônimov que não lhe quero mal; não, não quero!... Pelo contrário, estou mesmo disposto a esquecer todo o acontecido, a esquecer tudo, tudo...

De chofre, Ivan Ilitch se calou, pasmado com o estranho comportamento de Akim Petróvitch, que, não se sabe por que motivo, deixara de ser um homem sensato e passara a ser um bobalhão rematado. Em vez de escutá-lo até o fim, ficou repentinamente vermelho que nem o último dos paspalhos e, fazendo pequenas mesuras de modo acelerado e até mesmo indecoroso, foi recuando em direção às portas. Toda a sua aparência exprimia o desejo de afundar no chão ou, dizendo melhor, de retornar bem depressa à sua escrivaninha. Uma vez só, Ivan Ilitch se levantou, perplexo, da sua cadeira. Mirava-se num espelho e não enxergava a sua própria cara.

— Não, rigidez, apenas rigidez e rigidez! — murmurava ele quase inconscientemente. De súbito, uma viva vermelhidão cobriu-lhe o rosto todo.

Ivan Ilitch se sentiu, num átimo, tão envergonhado e angustiado como não se sentira nos momentos mais insuportáveis de sua moléstia de oito dias. "Não aguentei!" — disse consigo mesmo e, todo enfraquecido, desabou em sua cadeira.

O FAZENDEIRO SELVAGEM

MIKHAIL SALTYKOV-CHTCHEDRIN

Era uma vez, no reino de berliques e berloques, um fazendeiro que vivia contente de estar vivendo. Tinha tudo a dar e vender: servos e cereais e bestas e campos e jardins. E era aquele fazendeiro bobo, lia o jornal *A Notícia*[1] e possuía um corpo mole, branco e rechonchudo.

E eis que rezou, um dia, aquele fazendeiro a Deus:

— Senhor! Vós me destes tudo, concedestes-me tudo! Há uma só coisa que meu coração não suporta: muitos mujiques[2] habitam em nosso reino!

Mas Deus sabia que o fazendeiro era bobo e não atendeu ao pedido dele.

---

[1] Jornal político e literário, editado de 1863 a 1870, porta-voz da fidalguia reacionária que se opunha às reformas liberais do governo russo, em particular, à abolição da servidão.
[2] Denominação coloquial dos camponeses.

Percebe o fazendeiro que o número de mujiques não diminui ao passar dos dias, mas, pelo contrário, aumenta; percebe isso e sente medo: "Vai que eles me comerão os bens todos?".

Consulta o fazendeiro seu jornal *A Notícia*, para saber o que se deve fazer nesse caso, e lê: "Esforça-te!".

— Só uma palavra está escrita — diz o fazendeiro bobo —, mas essa palavra é de ouro!

Começou ele, pois, a esforçar-se, e não de qualquer maneira ali, mas conforme as regras. Venha, por acaso, uma galinha do servo comer a cevada do amo, logo a manda, conforme as regras, para a sopa; disponha-se um servo a cortar, em segredo, lenhazinha no bosque do amo, logo carrega aquela lenha para o seu quintal e, conforme as regras, cobra de quem a cortou uma multa.

— É, sobretudo, por meio das multas que os aperto, hoje em dia! — conta o fazendeiro aos seus vizinhos. — Assim é que eles entendem melhor.

Veem os mujiques: por mais bobo que seja o fazendeiro, possui uma grande inteligência. Espremeu-os tanto que não podem mais nem botar o nariz para fora: tudo é proibido, por toda parte, nada é permitido, nada é deles! Vá uma vaquinha ao bebedouro, o fazendeiro grita: "A água é minha!"; saia da aldeia uma galinha, o fazendeiro grita: "A terra é minha!". A terra, a água, o ar — tudo agora é dele! Não têm os mujiques nem um pavio para acenderem a vela, nem uma vareta para varrerem a casa. E eis que imploraram todos os servos a Deus nosso Senhor:

— Seria mais fácil, Senhor, perecermos nós todos com nossos filhos do que penarmos, dessa maneira, a vida toda!

Ouviu nosso Deus misericordioso a súplica dos coitados e fez que não houvesse mais mujiques em toda a extensão das propriedades do bobo fazendeiro. Que fim tinham levado aqueles mujiques, disso ninguém estava ciente, porém as pessoas viram um turbilhão de moinha passar de repente e vários calções de mujique voarem, que nem uma nuvem negra, através dos céus. Foi, pois, o fazendeiro à sua sacada, cheirou o ar e sentiu que este se tornara, em todas as suas propriedades, não só puro como puríssimo. Naturalmente, ficou satisfeito. Pensou: "Agora é que vou mimar este corpo meu, corpo branco, gorducho e rechonchudo".

E foi levando uma vida boa, pensando com que divertir sua alma.

"Instalarei um teatro aqui!" — pensou. — "Escreverei ao ator Sadóvski:[3] vem, pois, caro amigo, e traz aí umas atrizes!"

Aceitou o ator Sadóvski esse convite: veio pessoalmente e trouxe umas atrizes. Percebe, contudo, que a casa do fazendeiro está vazia: não há ninguém para montar o teatro nem para subir o pano.

— Onde foi que meteste teus servos? — pergunta Sadóvski ao fazendeiro.

---

[3] Sadóvski, Prov Mikháilovitch (1818–1872): famoso ator russo que atuava, desde 1839, no Pequeno Teatro em Moscou.

— Foi Deus quem ouviu minha oração e limpou todas as minhas fazendas de mujiques!

— Mas tu, mano, és um fazendeiro bobo! Quem é, pois, que te serve água para te lavares, bobalhão?

— Já faz tantos dias que ando sujo!

— Queres, então, cultivar champinhons no teu rosto? — disse Sadóvski e, dito isso, foi embora, ele próprio, e levou as atrizes.

Lembrou o fazendeiro que moravam por perto quatro generais conhecidos e pensou: "Por que é que só faço a *grande patience*,[4] e de novo a *grande patience*? E se jogasse baralho com os generais, uma vez ou outra?".

Dito e feito: escreveu os convites, marcou a data e enviou as cartas a quem de direito. Aqueles generais eram verdadeiros, mas, não obstante, famintos; vieram, por consequência, correndo. Vieram, pois, e ficaram de boca aberta: por que será que o ar do fazendeiro se tornara tão puro assim?

— É porque Deus — gaba-se o fazendeiro — ouviu minha oração e limpou todas as minhas fazendas de mujiques!

— Ah, como isso é bom! — elogiam-no os generais. — Não haverá, quer dizer, nenhum cheiro daqueles boçais por aqui?

— Nenhum — responde o fazendeiro.

---

[4] Grande paciência (em francês): jogo para uma pessoa só que consiste em dispor, de determinada maneira, as cartas do baralho.

Jogaram, eles cinco, uma partida de cartas, jogaram a outra. Sentem os generais que chegou a hora de beber vodca, inquietam-se, olham ao seu redor.

— Talvez desejem, senhores generais, beliscar uns petiscos? — indaga o fazendeiro.

— Seria bom, senhor fazendeiro!

Levanta-se ele da mesa, vai até o armário e tira de lá uma balinha e um pãozinho de mel para cada um deles.

— O que é isso, hein? — perguntam os generais, de olhos arregalados.

— Comam, pois, o que Deus me mandou!

— E a carninha de vaca? Queríamos a carninha de vaca!

— Não, senhores generais, não tenho carninha de vaca para vocês, porque, desde que Deus me livrou dos mujiques, o fogão, ali na cozinha, está apagado.

Os generais se zangaram tanto com ele que até os seus dentes ficaram rangendo.

— Mas tu mesmo rangas alguma coisa ou não? — puseram-se a xingá-lo.

— Como umas coisinhas cruas por acolá, e sobram ainda uns pães de mel...

— Mas tu, mano, és um fazendeiro bobo! — disseram os generais e, sem terminar o jogo, foram embora.

Vê o fazendeiro que o chamam, já pela segunda vez, de bobo. Estava prestes a refletir no assunto, mas, como lhe saltou aos olhos, nesse ínterim, o baralho, deixou tudo do mesmo jeito e começou a fazer sua *grande patience*.

— Vejamos — diz —, senhores liberais, quem vence a quem! Vou provar-lhes o que pode fazer a verdadeira firmeza de espírito!

Fez ele "o capricho de damas"[5] e pensa: "Se der certo três vezes seguidas, então me cumpre não prestar atenção". E, como que de propósito, quantas vezes dispõe as cartas, tantas vezes a sua *patience* dá certo! Não lhe restou, pois, nem sombra de dúvida.

— Visto que — diz — a própria fortuna aponta, então é preciso ser firme até o fim. E agora, enquanto isso, chega de fazer a *grande patience*; vou mexer um pouquinho!

E eis que ele está andando, andando pelos seus cômodos, depois se senta e fica sentado. E não para de refletir. Pensa naquelas máquinas que mandará trazer da Inglaterra, para que tudo seja movido pelo vapor e não haja nenhum cheirinho de boçais. Pensa naquele pomar que cultivará: "Aqui haverá peras, ameixas; ali, pêssegos; mais adiante, nozes!". Olha pela janela, e eis que tudo que imaginou está lá nos trinques! Curvam-se, por milagre, os seus pessegueiros, abricoteiros, pereiras, de tão carregados de frutos, e ele não faz outra coisa senão recolher esses frutos com suas máquinas e pô-los na boca! Pensa naquelas vacas que criará: nem pele nem carne, apenas leite, só leite! Pensa naqueles morangos que plantará — todos duplos e triplos, cinco bagas a libra — e quantos morangos assim venderá em Moscou.

---

[5] Uma das figuras do jogo chamado *grande patience*.

Fica, enfim, cansado de tanto pensar, aproxima-se do espelho para ver sua cara, e no espelho há todo um *verchok* de poeira...

— Senka![6] — desanda a gritar, de repente, mas logo se lembra de como estava e diz: — Pois bem, que fique assim por algum tempinho! Mas eu vou provar àqueles liberais o que pode fazer a firmeza de espírito!

Perambula, dessa maneira, até o anoitecer e vai dormir!

E tem, dormindo, sonhos mais joviais ainda do que aqueles diurnos. Sonha que o governador em pessoa ficou sabendo de sua firmeza inabalável e pergunta ao comandante da polícia distrital: "Quem é esse filho da mãe, esse durão que vocês têm aí no distrito?". Sonha depois que o designaram ministro, em decorrência da mesma firmeza inabalável, e que ele anda envolto em fitas e redige circulares: "Ser firme e não prestar atenção!". Sonha, a seguir, que passeia pelas margens do Eufrates e do Tigre[7]...

— Eva, minha amiguinha — diz ele.

Mas eis que os sonhos acabam: é hora de levantar-se.

— Senka! — grita o fazendeiro, outra vez esquecido, mas de improviso se lembra... e abaixa a cabeça.

— O que vou fazer, no entanto? — pergunta a si mesmo. — Tomara que o diabo traga, ao menos, algum duende!

---

[6] Forma diminutiva e pejorativa do nome Semion.
[7] Segundo a tradição oriental, inclusive a bíblica, a localização do Paraíso terrestre.

E eis que, conforme seus votos, vem de repente o próprio comandante da polícia. Alegrou-se o bobo fazendeiro inefavelmente: foi correndo até o armário, tirou dois pãezinhos de mel e pensou: "Pois aquele ali, pelo jeito, ficará contente!".

— Diga, por favor, senhor fazendeiro, por que milagre todos os seus temporários[8] sumiram de vez? — indaga o comandante.

— É que Deus ouviu minha oração e limpou totalmente todas as minhas fazendas de mujiques!

— Pois bem. E o senhor fazendeiro não sabe, porventura, quem vai pagar impostos por eles?

— Impostos?... Mas eles mesmos, sim, eles mesmos! É seu dever sacrossanto e sua obrigação!

— Pois bem. E de que maneira é que se pode cobrar tais impostos deles, se eles estão, conforme a sua oração, espalhados pela face da terra?

— Mas isso aí... não sei... eu, por minha parte, não consentirei em pagar!

— E o senhor fazendeiro sabe, porventura, que sem esses impostos e contribuições e, mais ainda, sem as regalias de vinho e sal[9] a tesouraria não pode existir?

— Por mim... estou pronto! Um cálice de vodca... agora mesmo!

— E o senhor sabe que, por sua obra e graça, não dá mais para comprar um pedaço de carne nem uma

---

[8] Trata-se dos camponeses libertos da servidão que continuavam, nos termos da lei, a trabalhar para os fazendeiros até acordarem com estes a compra de seus próprios lotes agrários.
[9] Taxas decorrentes do monopólio estatal para as vendas de vinho e sal.

libra de pão em nossa feira? O senhor sabe aonde isso pode levar?

— Misericórdia! Eu, por minha parte, estou disposto a sacrificar... eis aqui dois pãezinhos de mel!

— Como o senhor é bobo, senhor fazendeiro! — disse o comandante, virou-lhe as costas e foi embora. Nem mesmo olhara para os pãezinhos de mel.

Dessa vez, o fazendeiro ficou cismado para valer. Fora a terceira pessoa que o chamara de bobo; fora a terceira pessoa que o fitara de frente, cuspira e se retirara. Seria ele, de fato, bobo? Seria aquela firmeza que ele tanto acalentava na alma, se traduzida para uma linguagem comum, apenas uma tolice e uma loucura? Seria possível que, tão somente em razão de sua firmeza, tivesse parado o pagamento de impostos e regalias, e não houvesse mais como arranjar, na feira, nem uma libra de farinha nem um pedaço de carne?

E, sendo um fazendeiro bobo, ele até riu, a princípio, de tanto prazer, ao pensar na peça que tinha pregado, mas logo se recordou das palavras do comandante: "O senhor sabe aonde isso pode levar?" e teve um susto bem grande.

Começou, de acordo com seu costume, a andar de lá para cá pelos quartos, pensando: "Aonde, pois, isso pode levar? Por acaso, a um degredo, por exemplo, a Tcheboksáry ou, quiçá, a Varnâvino?[10]"

---

[10] Povoações situadas no interior da Rússia, notadamente na região do rio Volga, aonde eram mandados, de São Petersburgo, Moscou e outras cidades grandes, os degredados políticos.

— Que seja a Tcheboksáry, no fim das contas! O mundo veria, ao menos, o que significa a firmeza de espírito! — diz o fazendeiro, pensando, em segredo de si próprio: "Quem sabe se não encontraria em Tcheboksáry os meus queridos mujiques?".

Anda o fazendeiro e senta-se e torna a andar. E qualquer coisa de que se aproxima parece dizer-lhe: "Mas tu és bobo, senhor fazendeiro!". Vê um camundongo correr através do quarto e achegar-se, sorrateiramente, às cartas que ele usava para fazer sua *grande patience* sujas o suficiente para excitar o apetite dos ratos.

— Xô... — atirou-se contra o camundongo.

Mas o camundongo era inteligente e compreendia que, sem Senka, o fazendeiro não poderia prejudicá-lo de modo algum. Apenas moveu o rabo em resposta à exclamação ameaçadora do fazendeiro e, um instante depois, já o espiava, escondido sob o sofá, como que lhe dizendo: "Espera aí, fazendeiro bobo, farei mais que isso! Não só tuas cartas como também teu roupão comerei, assim que o sujares bastante!".

Não importa se decorreu pouco ou muito tempo, mas viu o fazendeiro que as veredas do seu jardim estavam tomadas de bardana, que as serpentes e outros répteis proliferavam nas moitas e que os bichos selvagens uivavam no parque. Um dia, aproximou-se da sua fazenda um urso e ficou lá agachado, olhando, através das janelas, para o fazendeiro e lambendo os beiços.

— Senka! — chamou o fazendeiro, mas se calou de repente... e começou a chorar.

Entretanto, a firmeza de espírito não o abandonava ainda. Sentia-se, vez por outra, prestes a fraquejar, mas, tão logo percebia que seu coração vinha amolecendo, abria rápido o jornal *A Notícia* e, num só minuto, recuperava a sua obstinação.

— Não, é melhor eu me asselvajar por completo, é melhor eu andar, com as bestas-feras, pelas florestas, contanto que ninguém diga que o fidalgo russo, o príncipe Urus-Kutchum-Kildibáiev[11] se afastou dos princípios!

E eis que ele se asselvajou. Se bem que o outono já tivesse chegado e fizesse um friozinho considerável, nem mesmo sentia aquele frio. Estava todo coberto de pelos, da cabeça aos pés como o antigo Esaú, e suas unhas eram como que de ferro. Havia tempos não assoava mais o nariz, andava principalmente de quatro e mesmo se espantava de não ter percebido antes que esse modo de passear era o mais decente e o mais cômodo de todos. Até perdera a capacidade de articular sons compreensíveis e assimilara um especial brado vitorioso, uma média do assovio, do chiado e do rugido. Mas ainda não adquirira o rabo.

Entra ele no parque, onde mimava outrora seu corpo gorducho, branco e rechonchudo, sobe, num instante como uma gata, ao topo de uma árvore e fica ali vigiando. Passa correndo uma lebre, põe-se

---

[11] O autor escarnece a suposta procedência oriental da nobreza russa: de fato, é difícil imaginar um sobrenome mais tártaro que esse.

nas patas de trás e escuta se não há algum perigo, e o fazendeiro selvagem já vem atacá-la. Salta, que nem uma flecha, da árvore, agadanha a sua presa, dilacera-a com as unhas e come-a, assim mesmo, com todas as tripas e toda a pele.

Criou ele uma força terrível, tamanha força que se achou no direito de estabelecer relações amigáveis com aquele mesmo urso que o espiava, noutros dias, pela janela.

— Queres, Mikhaile Ivânytch, fazer comigo campanhas contra as lebres? — disse ao urso.

— Querer lá quero! — respondeu o urso. — Mas não precisavas tu, mano, exterminar aqueles mujiques.

— Por que não?

— Porque comer o mujique era muito mais fácil do que essa tua laia fidalga. Digo-te, pois, sem rodeios: és um fazendeiro bobo, ainda que sejas meu amigo!

Enquanto isso, o comandante da polícia que, apesar de dar cobertura aos fazendeiros, levava em conta tal fato como o desaparecimento dos mujiques da face da terra, não teve a coragem de ocultá-lo. Ficaram as autoridades da província inquietas com seu relatório e escreveram-lhe: "Como o senhor acha: quem vai agora pagar impostos? quem vai beber vinho pelas bodegas? quem vai fazer travessuras inofensivas?". Responde o comandante que a tesouraria agora deve ser extinta; quanto às travessuras inofensivas, elas se extinguiram por si sós, e alastram-se pelo distrito, em vez delas, os roubos, assaltos e assassínios. E que, um dia desses, ele próprio, o comandante, quase foi dilacerado por um ser estranho, meio urso e meio homem, e suspeita que o tal urso-homem seja aquele mesmo fazendeiro bobo que provocou todo o pandemônio.

Alarmaram-se, pois, as autoridades e reuniram um conselho. Foi resolvido: apanhar os mujiques e pô-los de volta em seu devido lugar, e, quanto ao fazendeiro bobo que provocou todo o pandemônio, compeli-lo, da maneira mais delicada possível, a parar com as suas fanfarrices e não obstruir mais a entrada de impostos na tesouraria.

Nesse meio-tempo, como que de propósito, um enxame inteiro de mujiques passava voando pela capital da província e ocupou toda a praça comercial. Pegaram logo essa bênção toda, puseram-na numa carroça com grades e mandaram-na para o distrito.

E começou a cheirar novamente, aquele distrito, a moinha e peles de ovelha, mas, ao mesmo tempo, apareceram, na feira, a farinha, a carne e qualquer bicharada comestível, e juntaram-se, num dia só, tantos impostos que o tesoureiro não fez outra coisa, vendo tamanha pilha de dinheiro, senão agitar os braços, de tão pasmado, e exclamar:

— Onde arrumam esse dinheirão todo, safados?!

"Que fim, pois, levou o fazendeiro?" — perguntar-me-ão os leitores. Em resposta, posso dizer que ele também foi pego, embora a muito custo. Uma vez apanhado, assoaram-lhe de pronto o nariz, lavaram-no e cortaram as suas unhas. Depois o comandante da polícia lhe fez necessárias explicações, tomou-lhe o jornal *A notícia* e, deixando-o sob a vigilância de Senka, retirou-se.

O fazendeiro está vivo até hoje. Faz sua *grande patience*, sente saudades da sua antiga vida nas matas, toma banho apenas se obrigado e, vez por outra, fica mugindo.

O URSO GOVERNADOR

MIKHAIL SALTYKOV-CHTCHEDRIN

Os delitos grandes e sérios são muitas vezes chamados de esplendorosos e, como tais, inscritos nas páginas da História. Os delitos miúdos e fúteis são, por sua vez, chamados de vergonhosos e não apenas não induzem a História a erros, mas nem sequer ganham elogios por parte dos contemporâneos.

I. Toptíguin[1] I

Toptíguin I compreendia isso perfeitamente. Era um velho bicho servidor, sabia construir tocas e arrancar árvores com as raízes, ou seja, estava até certo ponto versado em engenharia. Mas a sua qualidade mais preciosa consistia em seu anelo de entrar,

---

[1] Na tradição folclórica russa, um dos nomes comuns do urso.

custasse o que custasse, nas páginas da História, em decorrência do qual ele apreciava, mais que tudo neste mundo, o esplendor das carnificinas. Desse modo, fossem quais fossem as conversas em que ele participava, referindo-se ao comércio, à indústria ou às ciências, chegavam sempre ao mesmo ponto: "Carnificinas... carnificinas... eis o que é necessário!".

E foi por isso que o Leão o promoveu a major e, como medida provisória, designou-o governador de uma longínqua floresta, para que dominasse os inimigos internos.

Ficou a população florestal ciente de que o major estava vindo e começou a cismar. Havia, àquela altura, tanta liberdade no meio dos mujiques silvestres que cada qual andava à sua maneira. Os animais corriam, as aves voavam, os insetos rastejavam; contudo, ninguém queria andar direito. Entendiam os mujiques que não os louvariam por essa conduta, mas já não podiam criar juízo sozinhos. "Assim que vier o major" — diziam —, "apanharemos para valer, saberemos então como se chama a sogra de Kuzka!".[2]

E foi o que ocorreu: mal eles piscaram os olhos, e Toptíguin já estava ali. Veio correndo, de manhãzinha, e assumiu o governo exatamente no dia de São Miguel, decidindo na hora: "Amanhã haverá uma carnificina". Não se sabe, ao certo, o que o incitou a tomar essa

---

[2] As expressões russas que dizem respeito à sogra ou, mais frequentemente, à mãe de Kuzka significam um castigo violento, uma punição exemplar.

decisão, pois ele não era maldoso como tal, mas assim... apenas um bicho.

E teria cumprido, sem falta, o seu plano, se o diabo não lhe tivesse dado uma rasteira.

O problema é que, na expectativa da carnificina, dispôs-se Toptíguin a comemorar seu aniversário. Comprou um balde de vodca e embebedou-se, sozinho, completamente. E, como não tinha ainda construído a sua toca, teve de dormir, bêbado, no meio de uma clareira. Deitou-se, ficou roncando, e pela manhã, para mal dos pecados, aconteceu que um Passarinho sobrevoou aquela clareira. Era um Passarinho especial, inteligente: sabia carregar um baldezinho e, caso houvesse necessidade, cantar igual a um canário. Todas as aves se alegravam de olhar para ele, diziam: "Ainda verão, em breve, nosso Passarinho voar com uma pastinha!". Os boatos sobre a sua inteligência chegaram ao próprio Leão, e ele disse, mais de uma vez, ao Asno (naquele tempo, o Asno passava, graças a seus conselhos, por um sabedor): "Como queria ouvir, nem que fosse com um só ouvido, o tal Passarinho cantar nas minhas garras!".

Todavia, por mais esperto que fosse o Passarinho, não percebeu o perigo. Achou que um cepo apodrecido jazia em plena clareira, pousou em cima do urso e desandou a cantar. E Toptíguin tinha um sono leve. Sente alguém saltitar pelo seu corpanzil e pensa: "Na certa, é um inimigo interno!".

— Quem é esse vagabundo que vem saltitando por este meu corpanzil de governador? — bramiu, afinal.

Devia o Passarinho voar embora, mas nem dessa vez percebeu o perigo. Continuou em cima do urso, perplexo: o cepo está falando! Naturalmente, o major não aguentou: pegou o afoito com uma pata e, sem avistar, de ressaca, quem era, comeu-o.

Comer lá comeu, mas ficou, ao comê-lo, na dúvida: "O que foi que comi? E que inimigo foi esse que não deixou nada nos dentes?". Pensou assim por muito tempo, mas, bicho que era, não entendeu patavina. Tinha comido alguém, e ponto final. E não há jeito de corrigir esse tolo negócio, porque, mesmo se a avezinha mais inocente for engolida, apodrecerá na barriga do major tal e qual o pássaro mais criminoso.

— Para que o comi? — interrogava Toptíguin a si próprio. — Quando o Leão me mandava para cá, avisou: "Faz coisas marcantes, abstém-te de insignificantes!", e eu, desde o primeiro passo, fui engolindo os passarinhos! Mas nada grave: a primeira panqueca sempre sai ruim![3] Ainda bem que, de manhã cedo, ninguém tenha visto a minha besteira.

Ai-ai, não sabia, por certo, Toptíguin que na esfera administrativa o primeiro erro é justamente o mais fatal, e que, tomando desde o início uma direção torta, o curso administrativo se afasta, com o tempo, cada vez mais da linha reta...

---

[3] Ditado russo que se refere à necessidade de fazer várias tentativas para conseguir um bom resultado.

E foi o que ocorreu: mal ele se acalmou, pensando que ninguém tinha visto a sua besteira, quando ouviu um estorninho[4] gritar-lhe da bétula ao lado:

— Bobão! Mandaram-no reduzir a gente ao mesmo denominador, e ele comeu o Passarinho!

Enfureceu-se o major: foi subindo na árvore para apanhar o estorninho, mas este, por não ser nada bobo, voou para a outra bétula. O urso foi subindo na outra, e o estorninho voou de volta para a primeira. Ficou o major, de tanto subir e descer, exausto. E, ao olhar para o estorninho, a gralha também criou coragem:

— Eta, que bicho! A gente boa esperava que aprontasse umas carnificinas, e ele comeu o Passarinho!

Correu o urso atrás da gralha, e eis que um lebracho pulou através de uma moita:

— Bourbon abestado! Comeu o Passarinho!

Um mosquito veio das plagas remotas:

— *Risum teneatis, amici!*[5] Comeu o Passarinho!

Um sapo coaxou no seu pântano:

— Um bobalhão daqueles! Comeu o Passarinho!

Numa palavra, é rir para não chorar. Corre o major de um lado para o outro, quer apanhar os zombeteiros, mas tudo em vão. E quanto mais se esforça, tanto mais bobo parece. Não se passou nem uma hora, e na floresta todos sabiam, pequenos e grandes, que o

---

[4] Pequeno pássaro canoro, difundido em várias partes da Europa e comum na Rússia.
[5] Contenham o riso, amigos! (em latim): verso da obra *Arte poética* do poeta romano Horácio (65-8 a.C.).

major Toptíguin comera o Passarinho. E toda a floresta ficou indignada. Não era aquilo que se esperava do novo governador. Pensava-se que ele glorificaria os matagais e pântanos com o esplendor das carnificinas, e fez-se, de fato, o quê? Aonde quer que vá, pois, Mikhaile Ivânytch, ouve como que um gemido por toda parte: "Como és bobo! Comeste o Passarinho!".

Agitou-se Toptíguin que nem um possesso, bramiu com todas as forças. Só uma vez na vida é que algo assim lhe acontecera. Fora tirado, naquela ocasião, da toca e atacado por uma matilha de cães que lhe mordiam, filhos da cadela, as orelhas, a nuca e mesmo embaixo do rabo! Olhara ele, como se diz, para os olhos da morte! Contudo, livrara-se, bem ou mal, da matilha: mutilara uma dezena de cães e fugira dos outros. E agora não tinha mais para onde fugir. Toda moita, toda árvore, todo cômoro o azucrinam, como se fossem vivos, e digne-se ele a escutá-los! Até a coruja, apesar de ser uma ave tola, aprendeu com os outros e grasna de noite: "Bobão! Comeu o Passarinho!".

Entretanto, o mais importante é que ele não apenas se vê humilhado, mas também percebe que seu prestígio de mandatário se torna, em seu princípio fundamental, cada dia menor. Vai que rumores atingem as matas vizinhas, e elas se põem a escarnecê-lo!

É pasmoso os motivos mais ínfimos acarretarem, por vezes, as consequências mais graves. O Passarinho era pequeno, mas estragou, para todo o sempre, a reputação de um abutre daqueles, por assim dizer!

Antes de o major tê-lo engolido, nem vinha à mente de ninguém a ideia de chamar Toptíguin de bobo. Todos diziam: "Vossa Senhoria! Vós sois nossos pais, e nós somos vossos filhos!". Todos sabiam que o próprio Asno intercedia por ele junto ao Leão, e, se o Asno dava apreço a alguém, então esse alguém merecia respeito. E eis que, em razão do mais ínfimo erro administrativo, todos descobriram a verdade, e a frase "Bobão! Comeu o Passarinho" passou a saltar, como que sem querer, de cada língua. Daria no mesmo, aliás, se um mentor levasse, com suas medidas pedagógicas, um pobre colegial pequenino a suicidar-se... Mas não, não daria no mesmo, já que levar um colegial pequenino a suicidar-se não é um delito vergonhoso, mas, sim, um delito autêntico em que a própria História, quem sabe, reparará... Todavia, o Passarinho... vejam só, um Passarinho qualquer! "Eta, maninhos, que coisa engraçadinha!" — bradaram, em coro, os pardais, ouriços e sapos.

De início, falava-se no que fizera Toptíguin com indignação (e vergonha pela floresta natal); a seguir, começaram a zombar dele: primeiro os próximos e depois os distantes; primeiro as aves e depois os sapos, mosquitos e moscas. Todo o pântano, toda a floresta.

— Eis o que significa a opinião pública! — lamentava Toptíguin, esfregando, com uma pata, o seu focinho arranhado por moitas espinhosas. — E se depois a gente parar nas páginas da História... com o Passarinho?

E a História era algo tão grande que suas menções deixavam Toptíguin cismado. Por si só, tinha uma ideia bem vaga dela, porém ouvira o Asno dizer que até o Leão a temia: "Não é bom entrar nas páginas da História como um bicho!". A História valoriza apenas as carnificinas mais gloriosas e menciona as de pouca monta com cusparadas. Se ele matasse, para começar, um rebanho de vacas, arruinasse toda uma aldeia por meio de roubos ou então destruísse a casinhola do lenhador até os alicerces, aí a História... De resto, aí a História não valeria nada! O principal é que o Asno lhe escreveria, em tal ocasião, uma carta lisonjeira! E agora, vejam só: comeu o Passarinho e, desse modo, ficou famoso! Percorreu mil verstas, gastou tanto dinheiro público com a viagem e, antes de qualquer coisa, comeu o Passarinho... ah! A garotada vai aprender isso nos bancos de escola! Tanto o tungus[6] selvagem quanto o calmuco,[7] filho das estepes,[8] todos dirão: "Mandaram o major Toptíguin dominar os inimigos, e ele, em vez disso, comeu o Passarinho!". É que os filhos do próprio major estudam numa escola! Até agora os coleguinhas chamavam-nos de filhos do major e, daqui em diante, vão caçoar deles a

---

[6] Tunguses (atualmente denominados "evenkis") constituem um povo indígena que habita o extremo Norte da Rússia.
[7] Trata-se de outro povo indígena, de origem mongol, que habita a região do rio Volga e do mar Cáspio.
[8] Alusão ao antológico poema *Não foi a mão que ergui meu monumento...*, de Alexandr Púchkin, em que o poeta prediz a sua universal fama póstuma.

cada passo, gritando: "Comeu o Passarinho! Comeu o Passarinho!". Quantas carnificinas gerais é que ele terá de fazer para se redimir desse opróbrio! Que mundaréu terá de roubar, arruinar e matar!

Malditos são aqueles tempos em que a cidadela do bem-estar popular é construída com base em grandes delitos, mas vergonhosos — sim, vergonhosos, mil vezes vergonhosos! — são aqueles em que se pretende alcançar o mesmo objetivo com base em delitos miúdos e fúteis!

Anda Toptíguin inquieto, não prega os olhos à noite, não escuta os relatórios, e pensa numa só coisa: "Ah, o que é que o Asno vai falar dessa travessura de seu major?".

E de repente, como se o palpite se realizasse, vem a prescrição do Asno: "Chegou ao conhecimento de Sua Excelência o senhor Leão que você não dominara os inimigos internos, mas, em vez disso, comera o Passarinho. Isso é verdade?".

Teve Toptíguin de reconhecer sua falta. Escreveu um relatório e, todo contrito, ficou esperando. Entenda-se bem que não poderia haver nenhuma outra resposta senão a seguinte: "Bobão! Comeu o Passarinho!". Mas, em particular, o Asno deu a entender ao culpado (é que o urso lhe mandara, junto do seu relatório, um potezinho de mel como presente): "É imprescindível que você faça uma carnificina extraordinária a fim de erradicar tal impressão execrável...".

— Se o remédio for esse, ainda vou consertar a minha reputação! — disse Mikhaile Ivânytch.

Atacou logo uma carneirada e matou todos os carneiros até o último. Depois apanhou uma mulherzinha nas moitas de framboesa e arrancou-lhe uma cesta de bagas. Depois começou a buscar os fios e raízes[9] e derrubou, para não perder tempo, toda uma floresta. Por fim, invadiu de noite uma tipografia, quebrou as máquinas, misturou as letras e, quanto às obras da mente humana, jogou-as numa latrina. Ao fazer tudo isso, ficou de cócoras, filho da mãe, à espera da recompensa.

No entanto, suas expectativas não lograram êxito.

Embora o Asno tivesse aproveitado o primeiro ensejo para pintar as façanhas de Toptíguin da melhor maneira possível, o Leão não apenas deixou de recompensá-lo, mas até rabiscou, com a própria pata, num canto do relatório do Asno: "Não acridito que esse oficial tenha coragem, pois é aquele mesmo Taptíguin que comeu o meu Passarinho quirido!". E ordenou que o reformassem da infantaria.

Assim, quedou-se Toptíguin I major para sempre... E, se tivesse começado logo pelas tipografias, seria agora um general.

II. Toptíguin II

No entanto, acontece por vezes que nem os delitos esplendorosos dão certo. Um outro Toptíguin era fadado a fornecer um lamentável exemplo disso.

---

[9] Isto é, desvendar os crimes e conspirações reais ou imaginários.

Naquela mesma época em que Toptíguin I brilhava em seu matagal, o Leão mandou para um matagal similar outro governador, igualmente major e também Toptíguin. Este era mais inteligente que seu xará e, o mais importante, compreendia que, no tocante à reputação administrativa, todo o futuro do administrador dependia do seu primeiro passo. Destarte, antes ainda de receber seu dinheiro para a viagem, ele ficou amadurecendo o plano de sua campanha e só depois correu para assumir o cargo.

Não obstante, sua carreira foi ainda menos longa que a de Toptíguin I.

Ele se dispunha, notadamente, a destruir uma tipografia, tão logo chegasse à sua floresta; aliás, o próprio Asno assim o aconselhara. Esclareceu-se, porém, que no matagal a ele confiado não havia tipografia alguma, conquanto os anciães lembrassem que existira outrora — embaixo daquele pinheiro ali — uma máquina manual de imprimir, a qual produzia os jornais florestais, mas ainda na época de Magnítski[10] a dita máquina fora queimada em público, mantendo-se apenas o comitê de censura, que transferira a função dos jornais para os estorninhos. Voando, toda manhã, pela floresta, estes divulgavam notícias políticas, e ninguém tinha nenhum incômodo com isso. Sabia-se, de igual modo,

---

[10] Magnítski, Mikhail Leôntievitch (1778–1855): estadista russo, extremamente reacionário e obscurantista, que, sendo interventor governamental em Kazan (1819–1826), levou a vida intelectual e cultural dessa cidade à completa ruína.

que um pica-pau não cessava de escrever, na casca das árvores, a "História dos matagais", mas aquela casca, à medida que os escritos a recobriam, também era roída e carregada embora pelas formigas ladras. Dessa maneira, os mujiques florestais viviam sem conhecer o passado nem o presente, e sem olhar para o futuro. Em outras palavras, andavam de um canto para o outro, envoltos na treva dos tempos.

Então o major perguntou se não havia na floresta, ao menos, uma universidade ou uma academia que se pudesse queimar. Esclareceu-se, contudo, que nisso também Magnítski antecipara as suas intenções: alistara todos os universitários nos batalhões de infantaria e enclausurara os acadêmicos num oco de árvore, onde eles permaneciam, imersos numa letargia, até o dia corrente. Zangou-se Toptíguin e exigiu que trouxessem logo aquele Magnítski para trucidá-lo (*similia similibus curantur*)[11], mas recebeu como resposta que Magnítski, por vontade de Deus, falecera.

Nada a fazer: sentiu-se Toptíguin II entristecido, mas não se rendeu aos pesares. "Se não há como matar a alma desses cafajestes, pois não a possuem" — disse a si mesmo —, "está na hora de arrancar sua pele!"

Dito e feito. Escolheu uma noite bastante escura e assaltou a casa do mujique vizinho. Escorchou, um por um, o cavalo, a vaca, o porco, um par de ovelhas e, mesmo ciente de ter arruinado o mujique completamente,

---

[11] Semelhante por semelhante se cura (em latim).

ainda achou isso pouco. "Espera" — disse ele —, "que vou destruir a tua casa todinha, deixar-te, para sempre, na pindaíba!". Dizendo assim, subiu ao telhado para consumar o seu delito, só que não tinha suposto que as vigas estivessem podres. Logo que pisou nessas vigas, elas cederam de supetão. Ficou o major pendurado nos ares: percebe que vai tombar, iminentemente, no chão, mas não quer que isso lhe sobrevenha. Agarrou-se, pois, a um madeiro quebrado e começou a bramir.

Ouvindo o bramido, acorreram os mujiques: um deles com uma estaca, um outro com seu machado, um outro ainda com um chuço.[12] Voltem-se para onde se voltarem, só veem um caos por toda parte. Os tabiques estão quebrados, o portão está aberto, nos currais há poças de sangue. E o próprio facínora, pendurado no meio de tudo. Explodiram, então, os mujiques.

— Eta, anátema! Queria agradar a sua chefia, e nós, por causa disso, temos de nos ferrar todos! Vamos, maninhos, acolhê-lo!

Dito isso, puseram o chuço exatamente naquele lugar em que Toptíguin haveria de cair e acolheram-no. Depois lhe tiraram a pele e levaram o corpo esfolado ao pântano, onde as aves de rapina o laceraram, até a manhã seguinte, por inteiro.

---

[12] Pau armado com uma ponta de ferro comprida e aguda, uma espécie de lança; na Rússia antiga, símbolo da resistência dos camponeses à servidão.

Dessa forma, surgiu uma nova prática florestal a estabelecer que os delitos esplendorosos podiam ter consequências não menos trágicas que os delitos vergonhosos.

Essa prática recém-instituída foi comprovada também pela História florestal, que acrescentou, para maior clareza, que a classificação dos delitos em esplendorosos e vergonhosos, comum nos manuais de história (editados para o ensino médio), estava abolida para todo o sempre, e que, dali em diante, todos os delitos, de modo geral, fosse qual fosse a sua envergadura, seriam denominados "vergonhosos".

Informado acerca disso pelo Asno, o Leão rabiscou, com a própria pata, em seu relatório: "Fazer o major Toptíguin III saber a sentença da História, e que se vire".

III. Toptíguin III

O terceiro Toptíguin era mais inteligente que seus precursores homônimos. "Mas que negócio enrolado!" — disse consigo mesmo, ao ler a resolução do Leão. — "Quem aprontar pouco, acaba zombado; quem aprontar muito, acaba furado... Será que preciso ir mesmo?"

Enviou ele uma interpelação ao Asno: "Desde que não se possa cometer nem grandes nem pequenos delitos, será que se pode, ao menos, cometer delitos médios?", porém o Asno respondeu de modo ambíguo: "Encontrará todas as instruções referentes a esse assunto nos Estatutos florestais". Consultou os Estatutos florestais, mas lá se falava de tudo — dos impostos sobre peles, cogumelos e bagas, e até mesmo dos cones de abeto —, enquanto, sobre os delitos, nem uma palavra! E mais tarde, a todas as posteriores indagações e insistências dele, o Asno responderia da mesma forma enigmática: "Aja conforme as conveniências!".

— Eis a que tempos a gente chegou! — resmungava Toptíguin III. — Outorgam à gente uma alta patente, mas não informam com que delitos se pode justificá-la!

Surgiu-lhe, de novo, o pensamento: "Será que preciso ir mesmo?", e, se não tivesse lembrado que monte de dinheiro público estava reservado para a sua viagem na tesouraria, decerto não teria ido!

Veio ele aos matagais caminhando, com toda a modéstia. Não marcou nem recepções oficiais nem datas de prestação de contas, mas foi direto à toca, enfiou a pata em seu bocão e deitou-se. Pensa, deitado: "Nem se pode mais esfolar uma lebre, senão tomarão isso por um delito! E quem tomará? Ainda seria bom, se fosse o Leão ou o Asno, ainda daria para aguentar, mas uns mujiques ali!... E, como se não bastasse, acharam a tal de História... mas que his-tó-ria, de fato!". Gargalha Toptíguin em sua toca, lembrando-se da História, mas seu coração está com pavor; sente que o próprio Leão tem medo daquela História... Como é que vai apertar a escória florestal, não faz disso a menor ideia. Exigem-lhe muita coisa, porém não deixam perpetrar o mal! Qualquer caminho que ele escolher, ouve, desde os primeiros passos: "Espera aí! Não é tua praia, não!". Agora há "direitos" em cada canto. Até um esquilo tem, hoje em dia, direitos! Uma bala no teu nariz — eis como são teus direitos! Os outros lá têm direitos, e ele só tem deveres! E nem deveres tem, na verdade, apenas um vácuo! Os outros se matam a torto e direito, e ele nem se atreve a degolar alguém! O que é isso? E tudo por culpa do Asno: é ele que inventa as coisas, é ele que faz toda a ladainha! "Quem pôs o asno em liberdade, quem rompeu os laços do burro selvagem?"[13] — eis o que deveria recordar a toda hora, mas ele fica berrando sobre aqueles "direitos"! "Aja conforme as conveniências!" — ah!

Passou o urso muito tempo assim, sugando a pata, e nem sequer assumiu, como lhe cumpria, a gestão do matagal a ele confiado. Um dia, tentou pronunciar-se "conforme as conveniências": subiu ao topo do mais alto pinheiro e bramiu de lá com voz alterada; contudo, nem isso surtiu efeito. A escória florestal andava tão descarada, sem ter visto, havia tempos, nenhum delito, que disse apenas, ouvindo esse bramido: "Ó, Michka[14] bramindo! Mordeu, talvez, sua pata, enquanto dormia!". E Toptíguin III voltou para a sua toca...

Repito, porém: era um urso inteligente e não foi para a toca a fim de entregar-se às lamentações

---

[13] O autor cita o Antigo Testamento (Jó, 39:5).
[14] Um dos nomes folclóricos do urso.

inúteis, mas com o intento de solucionar realmente o seu problema.

E solucionou-o.

Ao passo que ele permanecia deitado, tudo se passava, naquela floresta, de modo naturalmente estabelecido. Não se podia, por certo, chamar esse modo de plenamente "bem-sucedido"; todavia, a tarefa do governador não consiste, de forma alguma, em alcançar certo sucesso sonhado, mas em resguardar a ordem antigamente imposta (mesmo que esta seja malsucedida) de quaisquer estragos. Tampouco consiste ela em praticar delitos grandes, médios ou pequenos, mas em contentar-se com os delitos "naturais". Se é natural, desde os tempos antigos, os lobos esfolarem as lebres, e os gaviões e corujas depenarem as gralhas, então, sendo essa a "ordem", mesmo que não possua nada de bem-sucedido, faz-se necessário reconhecê-la como tal. E se, nesse meio-tempo, as lebres e as gralhas não apenas deixam de exprimir seu descontentamento, mas, pelo contrário, continuam a procriar e povoar a terra, isso significa que a "ordem" não ultrapassa aqueles limites que lhe foram determinados inicialmente. Será que não bastam esses delitos "naturais"?

Em nosso caso, tudo ocorria precisamente dessa maneira. Nenhuma vez a floresta mudou a fisionomia que lhe convinha. Soavam nela, dias e noites, milhões de vozes, umas das quais apresentavam clamores de agonia e as outras, brados de vitória. As formas externas, os sons, as sombras e luzes, a composição populacional — tudo parecia imutável, como que entorpecido. Numa palavra, era uma ordem tão consolidada e firme que, ao vê-la, nem o governador mais cruento e diligente teria a ideia de praticar quaisquer formidáveis delitos que fossem, ainda mais "sob a responsabilidade pessoal de Vossa Senhoria".

Desse modo, toda uma teoria de insucesso bem-sucedido formou-se, de chofre, perante o olhar espiritual de Toptíguin III. Formou-se com todos os pormenores e mesmo já posta à prova. O urso se recordou de o Asno ter dito, um dia, numa conversa amigável:

— Mas que delitos são esses que você menciona o tempo todo? O principal, em nosso ofício, é *laissez passer, laissez faire*![15] Ou, se expresso em russo: "Um bobo em cima do outro bobo, e com um bobo na mão por chicote"! Eis o que é. Se você, meu amigo, agir de acordo com essa regra, o delito se fará por si só, e todos os seus negócios correrão bem!

E era aquilo mesmo que ocorria. Cumpria-lhe apenas ficar parado e alegrar-se de que um bobo cavalgasse em cima do outro, e todo o restante se faria sozinho.

— Nem compreendo para que mandam governadores! É que, mesmo sem eles...[16] — brincou o major

---

[15] Deixai passar, deixai fazer (em francês): princípio fundamental do liberalismo econômico, formulado pela primeira vez no século XVIII (supostamente por Pierre Le Pesant de Boisguilbert: 1646–1714), segundo o qual o governo concede ao empresariado total liberdade de ação.
[16] O autor cita o conto *Diário de um louco*, de Nikolai Gógol.

de liberalismo, mas, relembrando os vencimentos que recebia, conteve tal pensamento frívolo: não fora nada, silêncio, silêncio...

Com essas palavras, virou-se para o outro lado e decidiu que sairia da toca somente para receber os seus vencimentos. E depois tudo foi, na floresta, às mil maravilhas. O major dormia, e os mujiques traziam leitões, galinhas, mel e mesmo cachaça, amontoando esses tributos à entrada da toca. Nas horas indicadas, o major despertava, saía da toca e comia até dizer chega.

Assim, Toptíguin III passou muitos anos deitado em sua toca. E, visto que a ordem florestal, malsucedida, mas universalmente desejada, não foi nenhuma vez infringida, nesse tempo todo, e não aconteceram outros delitos senão aqueles "naturais", o Leão não deixou o major desfavorecido. Promoveu-o, primeiro, a tenente-coronel, depois a coronel, e por fim...

Mas aí os mujiques caçadores vieram invadir o matagal, e Toptíguin III fugiu da toca para os campos. E teve o fim de todos os bichos de caça.

A FLOR VERMELHA

VSÊVOLOD GÁRCHIN

À memória de Ivan Serguéievitch Turguênev

I

— Em nome de Sua Majestade o imperador Piotr Primeiro,[1] declaro a inspeção deste asilo de loucos!

Essas palavras foram ditas por uma voz alta, brusca, estridente. O escrivão do hospital, que registrava o doente num grande livro posto numa mesa toda manchada de tinta, não pôde conter o sorriso. Mas dois rapazes, que acompanhavam o doente, não riam:

---

[1] Piotr I (1672-1725), também conhecido no Ocidente como Pedro, o Grande: primeiro imperador russo, fundador da dinastia dos Românov, cujas reformas políticas, administrativas e econômicas visavam à transformação da Rússia patriarcal e subdesenvolvida numa das grandes potências europeias.

eles mal se mantinham em pé ao passar dois dias sem dormir, a sós com o louco que acabavam de trazer por estrada de ferro. Na penúltima estação sua crise de fúria recrudescera; então os rapazes arranjaram, nalgum lugar, uma camisa de força e, chamando os condutores e um gendarme,[2] amarraram o doente. Assim o transportaram até a cidade, assim o trouxeram para o hospital.

Ele estava medonho. Vestido por cima das roupas cinza, que o doente fizera em pedaços durante a crise, um blusão de áspera lona com um largo recorte prendia-lhe o torso; as mangas compridas, atadas por trás, apertavam seus braços cruzados ao peito. Seus olhos arregalados e inflamados (ele não dormia havia dez dias) brilhavam fixos e ardentes; um espasmo nervoso contraía-lhe o lábio inferior; a cabeleira crespa e emaranhada caía sobre a testa, como uma juba; a passos rápidos e pesados, ele percorria a antessala, examinando as velhas estantes com papéis e as cadeiras oleadas, e, vez por outra, olhando de soslaio para seus acompanhantes.

— Levem-no para a enfermaria, a da direita.

— Eu sei, sei. Já estive aqui no ano passado. A gente viu o hospital. Eu sei tudo, será difícil enganar-me! — disse o doente.

Ele se virou para a porta. O vigia abriu-a, e, com o mesmo passo rápido, pesado e resoluto, erguendo

---

[2] Na Rússia do século XIX, militar da corporação policial encarregada de manter a ordem pública.

a cabeça insana, o doente saiu da antessala e, quase correndo, dirigiu-se à enfermaria do lado direito. A escolta mal conseguia acompanhá-lo.

— Toca a campainha. Eu não posso. Vocês me amarraram os braços.

O porteiro abriu as portas, e todos entraram no hospital.

Era um grande prédio de alvenaria, construído, outrora, por conta pública. O andar de baixo era ocupado por duas grandes salas, uma das quais servia de refeitório e a outra, de aposento para doentes mansos, um largo corredor com uma porta envidraçada que dava para o jardim com seu canteiro de flores, e duas dezenas de quartos separados onde moravam os doentes; ali mesmo, havia dois quartos escuros, um acolchoado e o outro forrado de tábuas, em que trancavam os furiosos, e um enorme cômodo lúgubre, de teto abobadado: o banheiro. O andar de cima era ocupado por mulheres. Um ruído confuso, mesclado com uivos e berros, vinha de lá. Feito para oitenta pacientes, o hospital atendia vários municípios vizinhos, e, portanto, cabiam nele até trezentas pessoas. Cada um de seus cubículos tinha quatro ou cinco leitos; no inverno, quando os doentes não podiam ir ao jardim e todas as janelas com grades de ferro estavam bem fechadas, o ar do hospital ficava irrespirável.

O novo paciente foi conduzido ao cômodo em que se encontravam as banheiras. Capaz de apavorar mesmo uma pessoa saudável, a impressão que este causava era ainda mais forte para a sua imaginação perturbada e excitada. Iluminado por uma só janela de canto, esse grande cômodo de teto abobadado e chão de pedra, todo visguento, tinha as paredes e abóbadas pintadas de óleo vermelho escuro; duas banheiras de pedra embutidas no chão preto de lama pareciam duas fossas ovais cheias d'água. Um enorme forno de cobre com sua caldeira cilíndrica para esquentar a água e todo um sistema de tubos e torneiras de cobre ocupava o canto oposto à janela; para uma mente transtornada, tudo ali tinha um aspecto excepcionalmente sinistro e fantástico, e o vigia responsável pelas banheiras, um gordo ucraniano sempre calado, aumentava essa impressão com sua soturna fisionomia.

E quando trouxeram o doente para esse terrível cômodo, a fim de banhá-lo e, conforme o sistema de tratamento do médico-chefe, aplicar-lhe na nuca um grande adesivo, ele foi tomado de pavor e cólera. Os pensamentos absurdos, um mais monstruoso do que o outro, rodopiavam em sua cabeça. O que seria aquilo? A inquisição? Um local de execuções secretas onde seus inimigos decidiram acabar com ele? Talvez o próprio inferno? Ficou pensando, enfim, que era uma provação. Tinham-no despido, apesar da resistência desesperada. Com as forças dobradas pela doença, ele se livrava facilmente das mãos de vários vigias, os quais caíam no chão; por fim, quatro homens derrubaram-no e, segurando pelos braços e pernas, puseram-no na água quente. Achou-a férvida, e um pensamento breve e desconexo, algo sobre a tortura com água e ferro, surgiu na sua cabeça insana. Engasgando-se com água e agitando espasmodicamente os braços e as pernas, que os vigias seguravam com toda a força, o doente gritava, sufocado, as palavras sem nexo que não seria possível imaginar sem tê-las ouvido de fato. Eram, ao mesmo tempo, orações e maldições. Ele gritou assim até perder as forças; então, chorando lágrimas amargas, disse em voz baixa uma frase que não tinha nada a ver com suas falas precedentes:

— Ó santo mártir Jorge! Entrego-te o meu corpo. E meu espírito, não — oh, não!...

Os vigias continuavam a segurá-lo, conquanto ele se tivesse acalmado. O banho quente e a bolsa com gelo, que lhe haviam posto na cabeça, surtiram efeito. Mas quando o retiraram, quase desacordado, da água e o fizeram sentar-se num tamborete para aplicar o adesivo, o resto das forças e os pensamentos insanos como que explodiram de novo.

— Por quê? Por quê? — gritava ele. — Eu não quis mal a ninguém! Por que vocês me matam? O-o-oh! Ó Senhor! Ó vós que fostes torturados antes de mim! Peço-vos, poupai...

Um toque abrasador na nuca fez que ele voltasse a debater-se com desespero. A escolta não conseguia rendê-lo nem sabia mais o que fazer.

— Nada a fazer — disse o soldado que efetuava a operação. — Temos de apagar.

Essas palavras simples fizeram o doente estremecer. "Apagar!... Apagar o quê? Apagar a quem? A mim!" — pensou ele e, mortalmente assustado, fechou os olhos. O soldado pegou nas duas pontas de uma áspera toalha e, com forte aperto, passou-a pela sua nuca, arrancando o adesivo e a camada superior de pele, e deixando à mostra uma escoriação vermelha. A dor provocada por essa operação, insuportável até para uma pessoa calma e saudável, pareceu a ele o fim de tudo. Desesperado, o doente juntou todas as forças, livrou-se das mãos dos vigias, e seu corpo nu foi rolando pelas lajes de pedra. Pensava que tivessem cortado sua cabeça. Queria gritar e não conseguia. Levaram-no para a cama num desmaio a que se seguiria um sono longo e profundo, um sono de chumbo.

II

Ele acordou de noite. Estava tudo silencioso; no grande quarto vizinho ouvia-se a respiração dos doentes adormecidos. Algures ao longe, um doente trancado, até a manhã seguinte, no quarto escuro conversava consigo mesmo com uma estranha voz monótona, enquanto em cima, na enfermaria feminina, um contralto rouquenho entoava uma cantiga selvagem. O doente passou a escutar esses sons. Ele sentia imensa fraqueza e fadiga em todos os membros; seu pescoço doía muito.

"Onde estou? O que está acontecendo comigo?" — foi isso que lhe veio à cabeça. E de repente, com uma clareza extraordinária, ele imaginou o último mês de sua vida e entendeu que estava doente e qual era a sua doença. Lembrou uma série de ideias, palavras e ações absurdas, e todo o seu ser ficou tremendo.

— Mas já passou, graças a Deus, já passou! — murmurou ele e adormeceu outra vez.

A janela aberta com grades de ferro dava para uma viela entre uns grandes prédios e o muro do hospital; ninguém entrava jamais nessa viela tomada por um arbusto inculto e pelo lilás que florescia, exuberante, nessa estação do ano... Atrás das moitas, bem em frente à janela, havia uma alta cerca escura; todos banhados de luar, os ápices das altas árvores de um vasto jardim viam-se detrás dela. Do lado direito, erguia-se o prédio branco do hospital, cujas janelas com grades de ferro estavam iluminadas por dentro; do lado esquerdo, o muro surdo e branco do necrotério iluminado pela lua. Atravessando as grades da janela, o luar adentrava o quarto, caía no chão e alumiava parte da cama e o rosto do doente, exausto e pálido rosto de olhos fechados; agora não havia nele nada de insano. Era o profundo e pesado sono de um homem extenuado: sem sonhos nem mínimos movimentos, e quase sem respiração. Por alguns instantes, ele acordara em pleno juízo, como se estivesse curado, para amanhecer na mesma loucura.

III

— Como o senhor se sente? — perguntou o doutor no dia seguinte.

O doente, que acabava de acordar, ainda estava deitado sob a coberta.

— Muito bem! — respondeu ele, pulando da cama, calçando suas pantufas e pegando o roupão. — Estou ótimo! Só uma coisa: aqui!

E apontou para sua nuca.

— Não posso virar o pescoço sem dor. Mas isso passa. Está tudo bem, quando a gente entende; eu cá entendo.

— O senhor sabe onde está?

— Claro, doutor! Estou num asilo de loucos. Mas, quando a gente entende, isso não é nada. Absolutamente nada.

O doutor encarava-o com toda a atenção. Seu rosto bonito e bem cuidado, com uma barba fulva perfeitamente penteada e olhos azuis, que olhavam, tranquilos, através dos óculos de ouro, estava imóvel e impassível. O doutor observava.

— Por que é que o senhor me encara desse jeito? Não vai ler o que tenho na alma — prosseguiu o doente —, e eu leio a sua claramente! Por que o senhor faz mal? Por que reuniu essa multidão de desgraçados e a retém aí? Para mim, tanto faz — entendo tudo e estou tranquilo —, mas eles? Para que servem esses suplícios? Uma pessoa que chegou a criar em sua alma uma grande ideia, uma ideia geral, não se importa com sua morada nem suas sensações. Mesmo com a vida e a morte... Não é bem assim?

— Quem sabe — respondeu o doutor, ao sentar-se, no canto do quarto, numa cadeira, de modo que pudesse ver o doente, o qual andava rápido de um lado para o outro, arrastando as enormes pantufas de couro cavalar e agitando as abas de seu roupão de algodão com largas listras vermelhas e grandes flores. O enfermeiro e o vigia, que acompanhavam o doutor, continuavam plantados perto da porta.

— Eu também a tenho! — exclamou o doente. — E, quando a encontrei, senti-me renascido. Meus sentidos ficaram mais aguçados, o cérebro funciona como nunca. O que antes alcançava por meio de muitas deduções e suposições, agora o concebo por intuição. Eu realmente compreendi o que a filosofia tinha elaborado. Eu, em pessoa, vivencio aquelas grandes ideias de que o espaço e o tempo são meras ficções. Eu vivo em todos os séculos. Vivo fora do espaço, em qualquer lugar ou, se quiserem, em lugar algum. Portanto não me importa que esteja solto ou amarrado, que vocês me detenham aqui ou ponham em liberdade. Já percebi que há por aí outras pessoas iguais a mim. Mas, para o resto da multidão, essa situação é horrível. Por que não os soltam? Quem estará precisando...

— O senhor disse — interrompeu o doutor — que vivia fora do tempo e do espaço. Porém, não podemos negar que nós dois estamos neste quarto, e que agora (o doutor tirou o relógio) são dez horas e meia do dia 6 de maio de 18**. O que está pensando disso?

— Nada. Para mim, não faz diferença onde estejamos nem quando vivamos. E se for assim para mim, isso não significa que estou em toda parte e sempre?

O doutor sorriu.

— Rara lógica — disse, levantando-se. — Talvez o senhor tenha razão. Até a vista. Aceita um charutinho?

— Obrigado. — O doente parou, pegou o charuto e, nervoso, mordeu-lhe a ponta. — Isso ajuda a pensar — disse. — É o mundo, o microcosmo. Numa ponta, há álcalis, e na outra, ácidos... Assim é o equilíbrio do mundo em que os princípios opostos se neutralizam. Adeus, doutor!

O doutor foi embora. A maioria dos doentes esperava por ele de pé, ao lado de suas camas. Não há chefia que goze de tanto prestígio aos olhos dos subalternos quanto possui um doutor psiquiatra aos dos loucos.

E o doente, que ficara sozinho, continuava a percorrer impetuosamente a sua cela. Serviram-lhe chá; sem se sentar, ele despejou, em dois tragos, uma grande caneca e, quase num instante, engoliu uma grossa fatia de pão branco. Depois saiu do quarto e, durante várias horas, ficou andando sem parar, com esse seu passo rápido e pesado, ao longo de todo o prédio. O dia estava chuvoso, e os doentes não podiam ir ao jardim. Quando um enfermeiro veio buscar o novo paciente, apontaram-lhe para o fim do corredor; ele estava lá, de rosto contra a porta envidraçada do jardim, fitando o canteiro de flores. Uma flor rubra, de cor excepcionalmente viva — uma espécie de papoula —, tinha-lhe atraído a atenção.

— Venha medir o peso — disse o enfermeiro, tocando seu ombro.

E, quando o doente se virou para ele, recuou de susto, tanta fúria animalesca e tanto ódio brilhavam nos olhos enlouquecidos. Mas, vendo o enfermeiro, o doente logo mudou de expressão e, resignado, seguiu-o sem uma palavra, como que imerso numa meditação profunda.

Eles entraram no gabinete do doutor; o doente se pôs na plataforma de uma pequena balança decimal, e o enfermeiro, ao medir-lhe o peso, anotou no livro, frente ao nome dele: 109 libras. No dia seguinte, ele pesava 107 libras, e no terceiro dia, 106.

— Se continuar assim, não sobreviverá — disse o doutor e mandou alimentar o paciente da melhor maneira possível.

Mas, apesar disso e não obstante o apetite extraordinário do doente, ele ficava cada dia mais magro, e, cada dia, o enfermeiro anotava no livro menos e menos libras de peso. O doente quase não dormia e passava dias inteiros num movimento ininterrupto.

IV

Ele compreendia que estava num asilo de loucos, compreendia mesmo que estava doente. Às vezes, como na primeira noite, ele acordava, no meio do silêncio, após um dia inteiro de agitação violenta, sentindo dor em todos os membros e um peso terrível no crânio, mas plenamente consciente. A ausência de impressões em silêncio e penumbra da noite, ou então a fraca atividade do cérebro de um homem que acabava de acordar, faziam, talvez, que nesses momentos ele se desse conta de sua situação e como que estivesse saudável. Mas começava o dia e, com a luz e o despertar da vida no hospital, uma onda de impressões voltava a dominá-lo; seu cérebro doente não conseguia resistir, e ele ficava outra vez louco. Seu estado apresentava uma estranha mistura de opiniões certas e disparatadas. Ele entendia que todos ao seu redor estavam doentes, mas, ao mesmo tempo, percebia em cada um destes uma figura oculta ou dissimulada que teria conhecido antes, sobre a qual teria ouvido falar ou lido. O hospital era povoado de pessoas advindas de todos os séculos e países. Havia nele vivos e mortos. Havia celebridades e donos do mundo, e soldados que pereceram na última guerra e ressuscitaram. O doente se via num mágico círculo vicioso, que continha toda a força da terra, e se considerava, num delírio orgulhoso, o centro desse círculo. Todos eles, seus companheiros do hospital, haviam-se reunido ali para cumprir a tarefa que vagamente lhe parecia um empreendimento colossal destinado a extinguir o mal na terra. Ele não sabia em que consistia tal empreendimento, mas se sentia forte o suficiente para realizá-lo. Conseguia ler os pensamentos de outrem, percebia nas coisas toda a sua história; os grandes ulmos, que se erguiam no jardim do hospital, contavam-lhe várias lendas do passado; quanto ao prédio, de fato bastante antigo, tomava-o por uma edificação de Piotr, o Grande, e tinha a certeza de o czar ter morado lá na época da batalha de Poltava.³ O doente lera aquilo nos muros, na argamassa despencada, nos pedaços de tijolos e azulejos encontrados no jardim; toda a história do asilo e do jardim estava escrita neles. Povoara o pequeno prédio do necrotério de dezenas e centenas de pessoas mortas há tempos e, fitando a janelinha de seu subsolo que dava para um canto do jardim, enxergava na luz refletida no velho e sujo vidro irisado as feições familiares que tinha visto, um dia, na vida real ou nos retratos.

Entrementes, instalara-se um tempo ensolarado; os doentes passavam dias inteiros no jardim, ao ar livre. Seu trecho do jardim — pequeno, mas bem arborizado — estava, por toda parte, coberto de flores. O vigia obrigava a todos os que tivessem a mínima capacidade de trabalhar a cuidar dele; os doentes ficavam dias inteiros varrendo as sendas e recobrindo-as de areia, capinando e regando os canteiros de flores, pepinos, melancias e melões que eles mesmos haviam plantado. O canto do jardim estava tomado por um espesso ginjal; ao longo dele, estendiam-se as aleias de ulmos; bem no meio, sobre uma pequena colina artificial, encontrava-se o canteiro mais lindo de todo o jardim: as vistosas flores cresciam pelas margens da quadra de cima, em cujo centro se ostentava uma

---

³ Trata-se da maior batalha da Grande Guerra do Norte (1700–1721), ocorrida no dia 8 de julho de 1709, nas cercanias da cidade ucraniana Poltava, em que o exército russo derrotou as tropas do rei sueco Carlos XII.

grande e rara dália exuberante, amarela com pintas vermelhas. Essa flor constituía o centro de todo o jardim, dominando-o, e se podia perceber que muitos doentes atribuíam a ela um significado misterioso. O novo paciente também via nela algo incomum: um paládio do jardim e do prédio. Todas as flores, que ladeavam as sendas, eram igualmente plantadas pelos doentes. Havia ali diversas flores próprias dos jardinzinhos ucranianos: altas rosas, belas petúnias, moitas de tabaco com suas florzinhas rosa, hortelãs, tagetes, capuchinhas e papoulas. Lá mesmo, perto da escadaria de entrada, havia três pezinhos de papoula, de certa espécie peculiar que era bem menor que a planta normal e diferia desta pela intensidade extraordinária de sua cor rubra. Fora essa flor que espantara o doente, quando, no primeiro dia da sua estada no hospital, ele examinava o jardim através da porta envidraçada.

Indo, pela primeira vez, ao jardim, ele ficou, antes de tudo e sem ter descido os degraus da escadaria, de olho nessas flores vistosas. Eram somente duas; por casualidade, cresciam separadas das outras flores, num lugar inculto, de modo que a espessa anserina e ervas daninhas as rodeavam.

Um por um, os doentes saíam porta afora, e o vigia entregava a cada um deles uma grossa carapuça branca de algodão, com uma cruz vermelha na frente. Essas carapuças, já usadas em guerra, tinham sido compradas num leilão. Mas o doente, bem entendido, atribuía à cruz vermelha um significado particular e misterioso. Ele tirou a carapuça e olhou para a cruz, depois para as flores de papoula. A cor das flores era mais viva.

— Ela está vencendo — disse o doente —, mas vamos ver.

E desceu os degraus. O doente olhou ao redor de si e, sem avistar o vigia que estava atrás dele, passou por cima do canteiro, estendeu a mão em direção à flor, mas não se atreveu a colhê-la. Sentiu calor e pontadas, primeiro, na mão estendida, e depois por todo o corpo, como se uma intensa corrente de força desconhecida viesse das pétalas vermelhas e lhe penetrasse o corpo todo. Aproximou-se ainda mais, quase tocando a flor, mas esta, parecia-lhe, estava na defensiva, emanando um mortífero hálito venenoso. Tonto, o doente fez o último esforço desesperado e pegou na haste da flor; de repente, uma mão pesada pousou no seu ombro. Fora o vigia que o flagrara.

— Não pode colher — disse o velho ucraniano. — E no canteiro, nem tocar, viu? Vocês, doidos, são muitos por aqui; cada um leva uma flor, no jardim nada sobra — disse, convincente, segurando o ombro dele.

O doente encarou-o sem dizer nada, livrou-se da sua mão e, aflito, foi embora. "Ó desgraçados!" — pensava ele. — "Vocês não enxergam, vocês estão cegos a ponto de defendê-la. Mas, custe o que custar, vou acabar com ela. Entre hoje e amanhã, vamos medir as nossas forças. E mesmo se eu morrer, não faz diferença..."

Até altas horas da noite, ele continuou passeando pelo jardim, conhecendo outros doentes e travando com estes conversas estranhas em que cada interlocutor só ouvia respostas aos próprios pensamentos loucos, expressas com palavras absurdas e abstrusas. O doente abordou uns e outros companheiros e, pelo fim do dia, ficou ainda mais convencido de que "estava tudo pronto", como havia dito consigo mesmo. Logo, logo cairiam as grades de ferro, todos esses detentos deixariam a sua prisão e iriam correndo para todos os cantos da terra, e o mundo inteiro estremeceria, livrar-se-ia do seu vetusto invólucro e apresentaria uma nova beleza maravilhosa. O doente quase se esquecera da flor, mas, ao sair do jardim e subir a escadaria, voltou a ver como que dois pedacinhos de carvão a cintilarem na espessa relva que, escurecida, já começava a cobrir-se de orvalho. Então ele se afastou dos outros doentes e veio postar-se atrás do vigia, esperando pelo momento oportuno. Ninguém o viu saltar o canteiro, pegar a flor e escondê-la apressadamente no peito, sob a camisa. Quando as folhas frescas e orvalhadas tocaram em sua pele, o doente ficou mortalmente pálido, e seus olhos arregalaram-se de pavor. Um suor frio semeou-lhe a testa.

Os candeeiros do hospital estavam acesos; à espera do jantar, a maioria dos doentes fora deitar-se, à exceção de alguns irrequietos que andavam rapidamente pelo corredor e pelas salas. O doente da flor estava entre eles. Ele andava, apertando convulsivamente os braços cruzados ao peito; parecia que procurava esmagar, esmigalhar a planta escondida. Ao encontrar outros doentes, esquivava-se deles por medo de roçarem na sua roupa. "Não se aproximem de mim!" — gritava. — "Não se aproximem!" Mas, lá no hospital, poucas pessoas davam atenção a tais gritos. E ele andava cada vez mais depressa, dava passos cada vez maiores, uma e duas horas seguidas, tomado por um frenesi.

— Vou exauri-la. Vou esganá-la! — dizia surda e furiosamente.

Às vezes, rangia os dentes.

Serviram o jantar. Nas grandes mesas sem toalhas foram colocadas várias tigelas de madeira pintada e dourada, com um ralo mingau de painço; os doentes sentaram-se nos bancos e receberam suas fatias de pão preto. Umas oito pessoas comiam, com colheres de madeira, da mesma tigela. Os que usufruíam da alimentação reforçada eram servidos à parte. O nosso doente engoliu rápido a porção que o vigia trouxera para o quarto dele, mas não se satisfez com isso e foi ao refeitório.

— Deixe-me sentar aqui — disse ao inspetor.

— Será que o senhor não jantou? — perguntou o inspetor, pondo porções complementares de mingau nas tigelas.

— Estou com muita fome. E preciso de forte sustento. Todo o meu arrimo é a comida; o senhor sabe que eu nunca durmo.

— Coma à vontade, meu caro. Tarás, dá-lhe pão e uma colher.

O doente sentou-se junto de uma das tigelas e comeu uma porção enorme de mingau.

— Mas chega, chega — disse, enfim, o inspetor, quando todos já tinham jantado e o nosso doente ainda estava perto da tigela, com uma mão tirando dela o mingau e apertando a outra ao peito. — Vai passar mal.

— Ah, se o senhor soubesse de quantas forças estou precisando, de quantas forças! Adeus, Nikolai Nikolaitch — disse o doente, levantando-se e dando ao inspetor um forte aperto de mão. — Adeus.

— Aonde vai? — perguntou, sorrindo, o inspetor.

— Eu? A lugar nenhum. Eu fico. Mas pode ser que não nos vejamos mais amanhã. Agradeço-lhe sua bondade.

E mais uma vez apertou fortemente a mão do inspetor. Sua voz estava tremendo, os olhos haviam-se enchido de lágrimas.

— Acalme-se, meu caro, acalme-se — respondeu o inspetor. — Por que tem esses pensamentos tristes? Vá para a cama e durma bem. O senhor precisa dormir mais; se dormir bem, logo se curará.

O doente soluçava. O inspetor virou-lhe as costas para mandar os vigias retirarem depressa as sobras do jantar. Meia hora depois, todos estavam dormindo no hospital, exceto um só homem que se deitara vestido no seu quarto de canto. Ele tremia todo, como se estivesse com febre, e apertava convulsivamente o peito, que lhe parecia impregnado de um veneno extremamente letal.

V

O doente não dormiu a noite toda. Tinha colhido aquela flor, porque era, para ele, uma proeza que precisava fazer. Quando as rubras pétalas vistas através da porta envidraçada atraíram, pela primeira vez, sua atenção, pareceu-lhe que, naquele exato momento, ele compreendeu o que devia realizar na Terra. A linda flor vermelha concentrava em si todos os males do mundo. Ele sabia que da papoula se fazia o ópio; decerto fora essa ideia que o levara, crescendo e adquirindo formas monstruosas, a criar um espectro fantástico e medonho. Aos olhos dele, a flor personificava todo o mal existente; ela teria absorvido todo o sangue inocente (por isso é que era tão vermelha assim), todas as lágrimas, todo o fel da humanidade. Era um ser misterioso, aterrador, o antípoda de Deus, Arimã,[4] que teria tomado um aspecto humilde e inocente. Ele devia, pois, colher a flor e matá-la. Mas não era só isso: devia impedi-la de espalhar, perecendo, todo o seu mal pelo mundo. Fora essa a razão pela qual o doente escondera a flor no seu peito. Esperava que, até a manhã seguinte, ela perdesse toda a força. O mal passaria para o seu peito, para a sua alma e lá acabaria vencido ou vencendo: neste caso, ele mesmo morreria, mas como um honesto

---

[4] Na tradição da Pérsia antiga, senhor das trevas, personificação do mal universal.

guerreiro, como o primeiro guerreiro da humanidade, já que ninguém se atrevera antes a enfrentar todos os males do mundo juntos.

— Eles não a viram. Mas eu vi. Posso deixá-la viver? Antes a morte.

Deitado, esgotava-se numa luta ilusória, inexistente, mas ainda assim se esgotava. De manhã, o enfermeiro achou-o semimorto. Mas apesar disso, a excitação voltou a dominá-lo, o doente pulou da cama e, algum tempo depois, estava percorrendo o hospital, como dantes, falando com outros doentes e consigo mesmo mais alto e menos coerente do que nunca. Não o deixaram ir ao jardim; vendo que seu peso vinha diminuindo e que ele próprio não dormia, mas só andava sem trégua, o doutor ordenou que lhe injetassem uma grande dose de morfina. O doente não resistia: felizmente seus pensamentos loucos coincidiam, nesse momento, com a operação. Daí a pouco adormeceu; o movimento furioso cessou, e a ruidosa cantiga, que se fizera do ritmo de seus passos impetuosos e não o deixava em paz um minuto sequer, interrompeu-se nos seus ouvidos. Desmaiado, ele parou de pensar em qualquer coisa, mesmo na outra flor que precisava colher.

Contudo, colheu-a três dias depois, diante do velho vigia que não tivera tempo para contê-lo. O vigia correu atrás dele. Com um brado triunfante, o doente entrou no hospital e, precipitando-se ao seu quarto, escondeu a planta no peito.

— Por que é que pegas as flores? — perguntou, acorrendo, o vigia. Mas o doente, que já estava deitado em sua posição costumeira, de braços cruzados, pôs-se a dizer tais disparates que o vigia apenas tirou, calado, a sua carapuça de cruz vermelha, esquecida nessa fuga precipitada, e foi embora. E a luta ilusória recomeçou. O doente sentia a flor expandir à sua volta as torrentes do mal, compridas e sinuosas como as cobras; elas o amarravam, prensavam-lhe os membros e impregnavam-lhe todo o corpo de seu conteúdo terrível. E, entre as maldições dirigidas ao inimigo, ele chorava e clamava por Deus. De noite, a flor murchou. O doente pisoteou a planta enegrecida, apanhou os restos dela e levou-os ao banheiro. Jogou a bolinha informe no forno cheio de carvão incandescente e ficou, por muito tempo, olhando seu inimigo chiar, encolher-se e finalmente se transformar numa leve bolinha nívea de cinzas. O doente assoprou, e tudo desapareceu.

No dia seguinte, ele se sentia pior. Estava horrivelmente pálido, tinha as faces cavadas, e seus olhos brilhantes se afundavam nas órbitas, porém continuava, cambaleando e tropeçando volta e meia, o seu andar furioso e falava, falava sem parar.

— Eu não queria recorrer à violência — disse o médico-chefe ao seu ajudante.

— Mas é preciso interromper essa atividade toda. Hoje ele tem noventa e três libras de peso. Se continuar assim, morrerá dentro de dois dias.

O médico-chefe ficou pensativo.

— Morfina? Cloral? — perguntou com certa hesitação.

— Ontem a morfina já não ajudava.

— Mande amarrá-lo. Aliás, duvido que ele escape.

VI

E o doente ficou amarrado. Preso numa camisa de força e cruelmente atado às barras de ferro com largas faixas de lona, ele estava prostrado na sua cama. Mas, em vez de diminuir, a fúria de seus movimentos aumentara. Durante várias horas, o doente teimou em desamarrar-se. Afinal, puxou as amarras com toda a força, rompeu uma delas, livrou as pernas e, passando por baixo das outras faixas, voltou a andar pelo quarto de braços ainda atados, berrando suas medonhas palavras incompreensíveis.

— Ora bolas! — gritou, entrando, o vigia. — Que diabo é que te ajuda? Gritsko! Ivan! Acudam, que ele está solto!

Os três homens avançaram sobre o doente, e começou uma longa peleja, cansativa para os atacantes e exaustiva para o atacado, que gastava o resto de suas forças esgotadas. Jogaram-no, enfim, na cama e amarraram mais firme que dantes.

— Vocês não entendem o que fazem! — gritava o doente, arfando. — Vocês vão morrer! Vi a terceira, desabrochando. Agora ela está pronta. Deixem-me terminar a obra! É preciso matá-la, matar, matar! Aí tudo será acabado, tudo salvo. Mandaria vocês, mas só eu é que posso fazer aquilo. Vocês morreriam com um só toque.

— Cale-se, moço, cale-se! — disse o velho vigia que ficara para velar o doente.

De chofre, o doente calou-se. Resolvera enganar os vigias. Mantiveram-no preso o dia inteiro e deixaram no mesmo estado à noite. Ao servir-lhe o jantar, o vigia estendeu um lençol junto da sua cama e deitou-se. Um minuto depois, ele dormia como uma pedra, e o doente se pôs ao trabalho.

Curvou-se todo para alcançar a barra de ferro que contornava a cama e, tocando-a com sua mão escondida na manga comprida da camisa de força, começou a esfregar, rápida e fortemente, a manga contra o ferro. Passado algum tempo, a grossa lona cedeu, e ele livrou o dedo indicador. Então a luta ficou mais fácil. Com a destreza e a flexibilidade absolutamente incríveis numa pessoa saudável, ele desatou, atrás de si, o nó que juntava as mangas, desatacou a camisa e, feito isso, ficou escutando, por muito tempo, o ronco do vigia. O velho, porém, dormia profundamente. O doente tirou a camisa e se levantou da cama. Estava livre. Tentou abrir a porta, mas ela estava trancada, e a chave provavelmente se encontrava no bolso do vigia. Com medo de acordá-lo, o doente não ousou revistar os bolsos e decidiu sair do quarto pela janela.

Era uma noite serena, quente e escura; a janela estava aberta; as estrelas brilhavam no céu negro. O doente olhava para elas, divisando as constelações conhecidas, e alegrava-se por achar que as estrelas o entendiam e tinham piedade dele. Via, pestanejando, os infinitos raios que elas lhe enviavam, e sua coragem louca crescia. Precisava dobrar um grosso varão de ferro, passar, através desse vão estreito, para a viela tomada pelos arbustos e escalar o alto muro. Ali seria sua última luta e, depois dela, qualquer coisa... nem que fosse a morte.

Ele tentou dobrar o varão com as mãos, porém o ferro não cedia. Então, fazendo uma corda das mangas da camisa de força, o doente enganchou-a na ponteira do varão, forjada em forma de lança, e pendurou-se nela com todo o seu corpo. Após os tentames desesperados, que quase lhe esgotaram o resto das forças, a ponteira entortou-se; um vão estreito estava aberto. Arranhando os ombros, os cotovelos e os joelhos nus, o doente passou por ele, atravessou as moitas e parou em frente ao muro. Estava tudo silencioso; as fracas luzes dos candeeiros iluminavam, por dentro, as janelas do enorme prédio, mas não se via ninguém por lá. Ninguém o avistaria; o velho, que ficara ao lado de sua cama, devia estar dormindo. Os raios das estrelas cintilavam carinhosos, chegando ao coração dele.

— Vou encontrar-vos — disse baixinho o doente, olhando para o céu.

Caindo na primeira tentativa, de unhas quebradas, de mãos e joelhos ensanguentados, ele foi procurar um lugar acessível. Lá onde a cerca se juntava ao muro do necrotério faltavam, nela e no próprio muro, alguns tijolos. O doente tateou essas cavidades e aproveitou-as.

Subiu a cerca, agarrou-se aos galhos do ulmo, que se elevava do outro lado, e, sem barulho, desceu ao solo pelo tronco da árvore.

Arrojou-se ao local conhecido, perto da entrada. De pétalas abrochadas, a flor estava ali, destacando-se nitidamente da relva orvalhada.

— A última — disse baixinho o doente. — A última! Hoje é a vitória ou a morte. Mas, para mim, já não faz diferença. Esperai — acrescentou, olhando para o céu —, daqui a pouco estarei convosco.

Ele arrancou a planta, amassou-a, estraçalhou-a toda e, segurando-a com a mão, voltou do mesmo modo para o seu quarto. O velho dormia. Mal chegando até a cama, o doente desabou nela sem sentidos.

De manhã, encontraram-no morto. Seu rosto estava calmo e luminoso; as feições descarnadas, os lábios finos e os olhos fundos, fechados, expressavam uma orgulhosa felicidade. Ao colocá-lo na maca, tentaram abrir-lhe a mão e tirar a flor vermelha. Mas a mão estava bem rígida, e o finado levou seu troféu para a sepultura.

ATTALEA PRINCEPS

VSÊVOLOD GÁRCHIN

Numa grande cidade havia um jardim botânico, e nesse jardim encontrava-se uma imensa estufa de ferro e vidro. Era muito bonita: delgadas colunas em caracol sustentavam a construção toda; nelas se apoiavam ligeiros arcos ornamentados, entretecidos com toda uma teia de caixilhos de ferro envidraçados. Aquela estufa parecia especialmente bela quando o Sol se punha, iluminando-a com sua luz vermelha. Então ela chamejava toda: reflexos vermelhos fulgiam e irisavam como no interior de uma ingente pedra preciosa de muitas facetas miúdas.

As plantas reclusas viam-se através dos espessos vidros translúcidos. Por maior que fosse a estufa, sentiam-se apertadas nela. Suas raízes se tinham entrelaçado, arrebatando água e alimento umas às outras. Os galhos das árvores misturavam-se com as enormes palmas, entortando-as e quebrando-as; porém, quando se deparavam com os caixilhos de ferro, entortavam-se e quebravam-se por sua vez. Os jardineiros cortavam sem parar esses galhos, prendiam as palmas com arame, para que eles não pudessem crescer à vontade, mas isso mal ajudava. As plantas aspiravam ao grande espaço, às plagas natais e à liberdade. Elas provinham dos países quentes, essas criaturas delicadas e suntuosas; lembravam-se de sua pátria e tinham saudades dela. Por mais transparente que fosse o teto de vidro, nem se comparava ao céu claro. Às vezes, no inverno, os vidros cobriam-se de geada; então a estufa ficava toda escura. O vento rugia, batia nos caixilhos e fazia-os tremer. A neve caía recobrindo o telhado. As plantas escutavam, lá dentro, os uivos da ventania e recordavam um vento bem diferente, cálido e úmido, que lhes dava vida e força. Queriam sentir de novo o sopro daquele vento, queriam que ele voltasse a balançar seus ramos, a brincar com sua folhagem. No entanto, o ar da estufa permanecia imóvel; apenas de vez em quando a tempestade de inverno estilhaçava um dos vidros, e uma corrente brusca e gélida, cheia de neve, irrompia na estufa. Em qualquer lugar atingido por ela, as folhas perdiam seu viço, enrugavam-se e morriam.

Contudo, os vidros eram repostos logo. O jardim botânico tinha um excelente diretor cientista que não tolerava nenhuma desordem, conquanto passasse a maior parte do seu tempo a trabalhar com um microscópio numa especial cabine de vidro instalada na estufa principal.

Havia, no meio das plantas, uma palmeira mais alta e mais bonita que todas as outras árvores. O diretor, que trabalhava em sua cabine, chamava-a, em latim, de *Attalea*. Mas esse não era o verdadeiro nome dela e, sim, um apelido inventado pelos botânicos. O nome verdadeiro, que os botânicos desconheciam, não estava escrito, a carvão, na tabuinha branca pregada no tronco da tal palmeira. Um dia, veio ao jardim botânico um viajante daquele país quente em que a palmeira crescera; vendo-a, começou a sorrir porque ela lembrava a sua pátria.

— Ah! — disse o viajante. — Conheço essa árvore.
— E chamou-a de seu verdadeiro nome.
— Desculpe — gritou-lhe, da sua cabine, o diretor que dissecava, nesse momento, uma hastezinha com uma lâmina —, o senhor está enganado. Essa árvore, que se dignou a mencionar, não existe. É a *Attalea Princeps*, natural do Brasil.

— Oh, sim — disse o brasileiro —, acredito plenamente que os botânicos a chamam de *Attalea*, mas ela tem também um nome nativo, autêntico.

— O nome autêntico é aquele dado pela ciência — respondeu o botânico, secamente, e trancou a porta da sua cabine para não ser atrapalhado pelas pessoas que nem sequer compreendem: caso um homem da ciência esteja dizendo alguma coisa, os outros devem ficar calados e escutá-lo.

Quanto ao brasileiro, ele se manteve, por muito tempo, plantado em face da árvore, olhando para ela e sentindo-se cada vez mais triste. Lembrou-se da pátria, do seu sol e do seu céu, das suas florestas exuberantes com tantos maravilhosos bichos e aves, das suas planícies, das suas fascinantes noites meridionais. Lembrou-se também de que jamais estivera feliz fora da terra natal, apesar de ter percorrido o mundo inteiro. Tocou a palmeira com a mão, como que para se despedir dela, e saiu do jardim. No dia seguinte, já ia de navio para casa.

E a palmeira ficou. Passou a sentir-se mais aflita ainda, embora já se sentisse muito aflita antes daquele encontro. Estava sozinha. Era cinco braças mais alta que todas as demais plantas, e essas plantas não gostavam dela, invejavam-na e a achavam orgulhosa. Sua altura proporcionava-lhe só dissabores; além de permanecer sozinha, ao passo que todas as plantas estavam juntas, a palmeira se recordava do céu natal mais que as outras árvores e mais tinha saudades dele porquanto mais se aproximava daquilo que o substituía, do repugnante teto de vidro. Através deste enxergava, por vezes, algo azul: era o céu, um céu alheio e pálido, mas, não obstante, um verdadeiro céu azul. E, sempre que as plantas conversavam entre si, *Attalea* estava calada e não pensava, saudosa, em outra coisa senão em como seria bom viver um tempinho até mesmo sob aquele céu desbotado.

— Digam, por gentileza: vão demorar ainda a regar-nos? — perguntou o sagueiro, que adorava a umidade. — Palavra de honra, parece que vou secar hoje.

— Suas palavras me espantam, vizinhozinho — disse um cacto pançudo. — Será que não lhe basta aquela enorme quantidade d'água que o senhor recebe todos os dias? Olhe para mim: a água que me dão é bem pouca, mas, ainda assim, estou fresco e rechonchudo.

— Não costumamos ser parcimoniosos — retrucou o sagueiro. — Não conseguimos crescer num solo tão seco e imprestável, como alguns cactos ali. Não costumamos viver de qualquer jeito. E digo ao senhor, além disso tudo, que ninguém lhe pede para fazer objeções.

Dito isso, o sagueiro se calou, magoado.

— Quanto a mim — intrometeu-se uma caneleira —, estou quase contente com a minha situação. É verdade que minha vida é meio tediosa aqui, mas, em compensação, tenho plena certeza de que ninguém me escorchará.

— Mas nem todos nós fomos escorchados — disse um feto arborescente. — É claro que a muitos até este cárcere pode parecer um paraíso após aquela mísera existência que eles tiveram lá fora.

Aí a caneleira se esqueceu de ter sido escorchada e começou a discutir, sentida. Algumas das plantas apoiaram-na, algumas tomaram o partido do feto arborescente, e surgiu um debate acalorado. Se elas pudessem mover-se, decerto acabariam batendo uma na outra.

— Por que estão brigando? — inquiriu *Attalea*. — Será que conseguirão algo dessa maneira? Apenas aumentarão sua desgraça com essa maldade e irritação. É melhor deixarmos as discussões e pensarmos em nosso futuro. Escutem-me: cresçam para o alto e para os lados, desdobrem seus galhos, apertem esses caixilhos e vidros, e nossa estufa se despedaçará toda, e nós ficaremos livres. Se um só raminho for de encontro ao vidro, hão de cortá-lo, mas o que vão fazer com uma centena de troncos robustos e corajosos? Precisamos apenas trabalhar juntos, e a vitória será nossa.

A princípio, ninguém contradisse a palmeira: todas as plantas estavam caladas, pois não sabiam o que dizer. Por fim, o sagueiro ousou responder.

— É tudo bobagem — declarou ele.

— Bobagem! Bobagem! — As árvores se puseram a falar em coro para provar que *Attalea* propunha um disparate horrível. — Uma quimera! — gritavam elas. — Um absurdo! Um disparate! Esses caixilhos são sólidos, nunca os quebraremos... e, mesmo se os quebrássemos, de que adiantaria isso? Viriam pessoas com facas e machados, cortariam os galhos, consertariam os caixilhos, e tudo voltaria a ser como antes. Não conseguiríamos nada senão perder pedaços inteiros...

— Pois bem, como quiserem! — respondeu *Attalea*. — Agora eu sei o que vou fazer. Vou deixá-las em paz: vivam como quiserem, ralhem uma com a outra, briguem por causa daqueles golinhos d'água e fiquem para sempre sob a redoma de vidro. Encontrarei meu caminho sozinha. Quero ver o céu e o Sol sem essas grades e vidraças; vou vê-los!

A orgulhosa palmeira olhava, do alto de sua copa verde, para o bosque de seus companheiros que se estendia em baixo. Nenhum deles se atrevia a dizer-lhe nada; apenas o sagueiro cochichou à zamia,[1] sua vizinha:

— Veremos, veremos então, presunçosa, como te cortarão essa tua cabeça grande, para que não te enfunes demais!

Embora caladas, as demais plantas também se zangavam com *Attalea* por causa dessas palavras altivas. Só uma ervinha não se zangava com a palmeira nem se melindrava com suas falas. Era a mais miserável e desprezível de todas as plantas da estufa: pálida, frágil, rasteira, com folhas murchas e inchadinhas. Ela não tinha nenhum destaque e servia, naquela estufa, somente para cobrir o solo nu. Enroscava-se ao pé da grande palmeira, dava-lhe ouvidos e achava que *Attalea* tinha razão. Ela não conhecia a natureza meridional, mas também gostava de ar livre e de liberdade. A estufa era, de igual modo, a sua cadeia. "Se eu, uma ervinha pequenina e murcha, sofro tanto sem esse meu céu cinzento, sem o Sol pálido e a chuva fria, então o que deve sentir, quando presa, uma árvore bela e vigorosa assim?" — pensava ela, envolvendo ternamente a palmeira e pedindo-lhe carinho. — "Por que é que não sou uma árvore grande? Eu seguiria o seu conselho. Nós cresceríamos juntas e juntas nos livraríamos. Aí é que todos perceberiam que *Attalea* tem razão".

---

[1] Planta característica da América tropical, com tronco em forma de barril e folhagem abundante, cultivada, sobretudo, para ornamento.

Todavia, ela não era uma árvore grande e, sim, uma ervinha pequena e murcha. Podia apenas abraçar, com mais ternura ainda, o tronco de *Attalea* e segredar-lhe o seu amor e seus votos de boa sorte.

— É claro que não faz tanto calor por aqui, o céu não está tão limpo, as chuvas não caem tão abundantes como em seu país, mas, ainda assim, nós temos o céu e o sol e o vento. Não há por aqui plantas tão luxuosas como a senhora e seus amigos, com todas aquelas enormes folhas e lindas flores, mas nosso país também tem árvores muito boas: pinheiros, abetos e bétulas. Sou uma ervinha e nunca alcançarei minha liberdade, porém a senhora é tão alta e forte! Seu tronco é firme, seu caule não está mais longe do teto de vidro. A senhora vai arrebentá-lo e sair. Então me contará se tudo ali continua tão belo como estava antes, e eu me contentarei com isso.

— Mas por que tu não queres sair comigo, pequena ervinha? Meu tronco é firme e resistente: apoia-te nele, rasteja por sobre mim. Levá-la comigo não me seria nada difícil.

— Não aguentarei, não! Olhe como sou murcha e fraca: não posso sequer levantar um só dos meus raminhos. Não vou acompanhá-la. Cresça e seja feliz. Apenas lhe peço para lembrar, vez por outra, desta sua pequena amiga, quando se libertar afinal!

E a palmeira se pôs a crescer. Mesmo antes os visitantes da estufa surpreendiam-se com a sua imensa altura, e ela ficava, ao longo dos meses, mais e mais alta. O diretor do jardim botânico atribuía tal rápido crescimento aos bons cuidados e orgulhava-se da sabedoria com a qual implantara a estufa e gerenciava as suas atividades.

— Olhem só para *Attalea Princeps* — dizia ele. — Até no Brasil os espécimes dessa altura são raros. Usamos todos os nossos conhecimentos para que as plantas se desenvolvessem nessa estufa com a mesmíssima liberdade do seu ambiente nativo, e parece-me que logramos certo sucesso.

Dizendo isso com um ar satisfeito, ele batia de leve no tronco firme com sua bengala, e essas pancadas repercutiam, sonoras, pela estufa. As palmas estremeciam com elas. Oh, se a palmeira pudesse gemer, que brado de cólera ouviria o diretor!

"Ele imagina que cresço para o seu prazer" — pensava *Attalea*. — "Que imagine, pois...".

E ela crescia, gastando toda a seiva apenas para se esticar e privando dela suas raízes e folhas. Achava, por vezes, que a distância até o teto não estivesse diminuindo; então reunia todas as suas forças. Os caixilhos ficavam cada dia mais próximos, e, finalmente, uma palma jovem roçou no vidro frio e no aço.

— Vejam só — murmuraram as plantas —, vejam aonde ela chegou! Terá mesmo coragem?

— Que altura medonha ela tem — disse o feto arborescente.

— E daí, se cresceu? Grande coisa! Se ela conseguisse engordar como eu! — retorquiu a gorda zamia, cujo tronco se assemelhava a um tonel. — E para que está crescendo? De qualquer modo, não fará nada. As grades são sólidas e os vidros, espessos.

Decorreu mais um mês. *Attalea* subia. Defrontou-se, por fim, com os caixilhos. Não tinha mais para onde subir. E seu tronco começou a curvar-se. Seu topo vestido de folhas amassou-se, as barras geladas do caixilho ficaram cravadas nas tenras palmas, cortaram-nas, mutilaram-nas; contudo, a árvore era teimosa e, sem poupar suas folhas, premia, apesar de tudo, as grades, e estas cediam pouco a pouco, ainda que feitas de ferro duro.

A ervinha observava essa luta, semimorta de emoção.

— Diga-me: será que não sente dor? Desde que os caixilhos são tão resistentes assim, não seria melhor recuar? — perguntou ela à palmeira.

— Dor? O que significa a dor para quem anseia pela liberdade? Não eras tu mesma que me animavas? — respondeu a palmeira.

— Animava-a, sim, mas não sabia que isso lhe seria tão penoso. Tenho pena da senhora. Está sofrendo tanto.

— Cala-te, débil planta! Não tenhas pena de mim! Vou morrer ou sair da prisão!

Nesse momento estourou um golpe sonoro. Rompeu-se uma larga barra de ferro. Desabaram, tinindo, os estilhaços de vidro. Um deles ricocheteou contra o chapéu do diretor, que saía da estufa.

— O que foi? — exclamou ele, sobressaltado de ver os cacos de vidro voarem pelos ares. Afastou-se correndo da estufa e olhou para o teto dela. Sobre a abóbada de vidro elevava-se, orgulhosa, a copa verde da palmeira erguida.

"Só isso?" — pensava a palmeira. — "Foi só por causa disso que me angustiei e sofri tanto tempo? A minha altíssima meta consistia em alcançar só isso?".

O outono estava bem avançado, quando *Attalea* se reergueu através do buraco que fizera. Uma chuvinha caía mesclada com neve; o vento levava as nuvens cinza, baixas e rotas, que pareciam envolver a palmeira. As árvores, já despidas, tinham a aparência de cadáveres horrorosos. Apenas os pinheiros e os abetos conservavam o verde escuro de sua espinhosa ramagem. As árvores miravam, lúgubres, a palmeira, como se lhe dissessem: "Tu morrerás de frio! Ainda não sabes o que é um frio de verdade. Não vais suportá-lo. Para que saíste da tua estufa?".

E *Attalea* compreendeu que para ela tudo estava acabado. Ela se congelava. E se retornasse para a estufa? Contudo, não poderia mais retornar. Tinha de enfrentar o vento gelado, de sentir suas rajadas e toques agudos dos flocos de neve, de ver o céu sujo, a natureza paupérrima, o imundo pátio traseiro do jardim botânico, a cidade imensa e tediosa que se vislumbrava através da neblina, e de esperar até as pessoas, ali embaixo, na sua estufa, decidirem o que fariam com ela.

O diretor mandou derrubar a árvore.

— Poderíamos colocar sobre ela uma redoma de vidro — argumentou —, mas ela duraria por muito tempo? A palmeira tornaria a crescer e quebraria tudo. Aliás, isso nos custaria uma fortuna. Serrem-na!

A palmeira ficou amarrada com cabos, a fim de que não quebrasse, caindo, as paredes da estufa, e serrada bem baixo, rente às suas raízes. A ervinha, que abraçava o tronco da árvore, não quis abandonar sua amiga e também pereceu sob a serra. Quando a palmeira foi retirada da estufa, as hastezinhas e folhas dilaceradas, esmagadas pela serra, jaziam em cima do cepo.

— Tirem essa porcaria e joguem-na fora — disse o diretor. — Já está amarela, e a serra a estragou muito. Vamos plantar aqui outra coisa.

Um dos jardineiros arrancou, com um destro golpe de sua pá, todo um feixe de erva. Jogou-o numa cesta, levou-o embora e deixou-o no pátio dos fundos, precisamente sobre a palmeira morta, caída na lama e já meio coberta de neve.

SOBRE OS AUTORES

Escritor de imensurável talento, cujas ideias chegariam a influenciar todo o desenvolvimento da literatura mundial no século XX, Fiódor Mikháilovitch Dostoiévski (1821–1881) nasceu e passou a infância em Moscou. Formou-se pela Escola de engenharia militar em São Petersburgo (1843), e durante algum tempo serviu no exército. Sua estreia literária se deu com o romance *Gente pobre* (1846) e a novela sentimental *Noites brancas* (1848) que logo o tornaram conhecido. Em 1849 foi preso por atividades subversivas e condenado a trabalhos forçados na Sibéria. Permaneceu quase dez anos em presídios e campos militares. Anistiado, regressou a São Petersburgo em 1859. Publicou os romances *Humilhados e ofendidos* (1861), *O jogador* (1866), *Crime e castigo* (1866), *O idiota* (1868), *Os demônios* (1872), *O adolescente* (1875), *Os irmãos Karamázov*

(1880), além de muitos contos, novelas e artigos críticos. Colaborou com diversas revistas literárias da Rússia; editou o folhetim *Diário do escritor* (1876–1880). Foi casado duas vezes e teve quatro filhos. Faleceu em São Petersburgo, transformando-se seu enterro numa enorme manifestação popular. Ainda em vida foi aclamado, inclusive pelos seus desafetos, como um dos mais geniais pensadores da humanidade. "Leiam Dostoiévski; amem Dostoiévski, se puderem; e, se não puderem, insultem Dostoiévski, mas, ainda assim, leiam-no..." — exortou os leitores da época Innokênti Ânnenski.[1]

Mikhail Yevgráfovitch Saltykov (1826–1889), amplamente conhecido sob o pseudônimo de N. Chtchedrin, nasceu na fazenda Spas-Úgol, que se encontrava no interior da província de Tver.[2] Descendente de uma família nobre, estudou no Instituto Fidalgo de Moscou e no Lycée de Tsárskoie Seló.[3] Em 1844 ingressou no serviço público em São Petersburgo. Estreou na literatura com as novelas *Contradições* (1847) e *Um negócio intrincado* (1848). Perseguido como livre-pensador na tenebrosa época

---

[1] Ânnenski, Innokênti Fiódorovitch (1855–1909): poeta simbolista, dramaturgo, pedagogo e tradutor russo.
[2] Cidade russa a noroeste de Moscou, nas margens do rio Volga.
[3] Vila Czarina (em russo), cidade nos arredores de São Petersburgo, que leva, desde 1937, o nome de Púchkin. As famílias mais influentes da Rússia se orgulhavam com a possibilidade de matricularem seus filhos no aristocrático Lycée (colégio interno) de Tsárskoie Seló.

de Nikolai I, foi afastado da capital, passando a morar em Viatka[4] (1848–1855). De volta a São Petersburgo, serviu no Ministério do Interior, foi vice-governador das províncias de Riazan[5] (1858–1860) e de Tver (1860–1862), depois secretário de finanças em várias cidades russas. Seus romances *História de uma cidade* (1869–1870) e *Os senhores Golovliov* (1875–1880), artigos publicados nas revistas *O Contemporâneo* e *Diário Pátrio* e, sobretudo, contos satíricos, que ele próprio chamava de "estórias para crianças bastante crescidas", projetaram Saltykov-Chtchedrin como um insigne sucessor de Luciano, Rabelais e Swift[6] nas letras russas.

Artista de inspiração e sina igualmente trágicas, Vsêvolod Mikháilovitch Gárchin (1855–1888) nasceu numa chácara situada na região de Yekaterinoslav.[7] Estudou no 7º Ginásio e no Instituto de Minas de São Petersburgo. Sem ter completado o curso, ingressou, como voluntário, no exército russo (1877) e participou da guerra contra a Turquia. Ferido na perna, foi promovido a oficial e, pouco depois, reformado. As impressões da campanha militar serviram

---

[4] Grande cidade, atualmente denominada Kírov, no nordeste da parte europeia da Rússia.
[5] Antiga cidade russa situada a sudeste de Moscou.
[6] Luciano de Samósata (c. 125–180), François Rabelais (1494–1553) e Jonathan Swift (1667–1745) foram os maiores representantes da vertente satírica nas literaturas grega, francesa e inglesa respectivamente.
[7] Atual cidade de Dnepropetrovsk, na Ucrânia.

de base para o conto *Quatro dias*, o qual deu início à carreira literária de Gárchin. Diversos escritos de caráter simbólico — *O acidente*, *O poltrão*, *O encontro*, *Pintores*, *A flor vermelha*, *Nadejda Nikoláievna*, entre outros — consolidaram o seu renome nos círculos letrados da Rússia. Na década de 1880 Gárchin sofria de uma profunda depressão, sendo amiúde internado em hospitais psiquiátricos. Cometeu suicídio em São Petersburgo, atirando-se no vão da escada do prédio onde morava. "Ele escreveu pouco, uma dezena de contos pequenos, mas estes o equiparam aos mestres da prosa russa" — caracterizou-o, postumamente, Semion Venguêrov.[8]

---

[8] Venguêrov, Semion Afanássievitch (1855–1920): estudioso de literatura, autor do detalhadíssimo *Dicionário crítico--biográfico dos escritores e cientistas russos* (1889–1904).

© *Copyright* desta tradução: Editora Martin Claret Ltda., 2015.
Títulos originais: Скверный анекдот (*Uma anedota ruim*); Дикий помещик (*O fazendeiro selvagem*); Медведь на воеводстве (*O urso governador*); Красный цветок (*A flor vermelha*); *Attalea Princeps* (em latim no original).
Fontes usadas para a tradução: Ф. М. Достоевский. Собрание сочинений в пятнадцати томах. Том IV. Ленинград, 1989. М.Е. Салтыков-Щедрин. Сказки. Москва, 1979. В. М. Гаршин. Рассказы. Ленинград, 1986.

Direção
MARTIN CLARET

Produção editorial
CAROLINA MARANI LIMA / MAYARA ZUCHELI

Diagramação
GIOVANA GATTI QUADROTTI

Direção de arte e capa
JOSÉ DUARTE T. DE CASTRO

Tradução e notas
OLEG ALMEIDA

Revisão
WALDIR MORAES

Impressão e acabamento
RENOVAGRAF

A ORTOGRAFIA DESTE LIVRO SEGUE O NOVO ACORDO ORTOGRÁFICO DA LÍNGUA PORTUGUESA.

Dados Internacionais de Catalogação na Publicação (CIP)
(Câmara Brasileira do Livro, SP, Brasil)

Dostoiévski, Fiódor, 1821-1881.
Contos russos: tomo III / Fiódor Dostoiévski, Mikhail Saltykov-Chtchedrin, Vsêvolod Gárchin; tradução e notas Oleg Almeida. — São Paulo: Martin Claret, 2016. — (Coleção contos; 12)

"Texto integral"
ISBN 978-85-440-0110-3

1. Contos russos   I. Saltykov-Chtchedrin, Mikhail 1826–1889. II. Gárchin, Vsêvolod, 1855-1888. III. Título. IV. Série.

16-00006   CDD-891.73

Índices para catálogo sistemático:
1. Contos: Literatura russa   891.73

EDITORA MARTIN CLARET LTDA.
Rua Alegrete, 62 — Bairro Sumaré — CEP: 01254-010 — São Paulo — SP
Tel.: (11) 3672-8144
www.martinclaret.com.br
1ª reimpressão - 2021